Mei Ling a Meirion

Gareth F. Williams

Gwasg
Gwynedd

Argraffiad cyntaf — Mehefin 2010

© Gareth F. Williams 2010

ISBN 978 0 86074 262 3

Mae'r cyhoeddwyr yn cydnabod cefnogaeth ariannol
Cyngor Llyfrau Cymru.

Cyhoeddwyd gan
Wasg Gwynedd, Pwllheli

He sat in a wheeled chair, waiting for dark . . .
To-night he noticed how the women's eyes
Passed from him to the strong men that were whole.

WILFRED OWEN, 'DISABLED'

Lee Thompson's effective countdown thriller uses the old comic-strip chestnut of a microchip in Gregory Peck's skull that's either a transmitter or a bomb detonator, depending upon the success of his assignment in Red China . . . laced with enough outrageous twists to grab full attention.

O adolygiad yn y Radio Times Film Guide:
'The Most Dangerous Man in the World'

PROLOG

Borth-y-gest, Porthmadog
Medi 2010

Ar noswaith braf yn niwedd yr haf, eisteddai dyn mewn cadair olwyn yn syllu dros y bae i gyfeiriad Harlech. Yng ngoleuni olaf yr haul, edrychai'r castell yn y pellter fel petai wedi'i wneud o aur, bron fel castell mewn stori dylwyth teg. Roedd i'w weld yn glir, hefyd. Yn rhy glir, meddyliodd y dyn – fel yr oedd bryniau Meirionnydd y tu ôl i'r castell, eu lonydd a'u ffermydd a'u cloddiau a'u gwrychoedd. Arferai ei dad ddweud bod hynny'n arwydd pendant o dywydd gwlyb . . .

Heddiw oedd diwrnod ei ben-blwydd yn dair a thrigain oed. Feddyliodd o erioed y buasai wedi cael byw cyhyd.

Ar un adeg, doedd arno ddim *eisiau* cael byw cyhyd.

Ond roedd hynny flynyddoedd lawer yn ôl bellach. Haf arall, a phell, ac yntau'n ddim ond ugain oed.

'The summer of love', yn ôl y cyfryngau.

Ia, go dda.

I eraill, efallai. Roedd o wedi treulio'r haf hwnnw'n gweddïo bob nos na châi ddeffro'r bore canlynol. Pan browlai'r felan fel hen gi du anghynnes wrth droed ei wely ysbyty, yn aros ei gyfle i neidio i fyny ac anadlu'i wynt afiach i'w wyneb . . .

Ymysgydwodd. Roedd heno'n noson ry hardd i hel hen feddyliau o'r fath. Bu'n haf poeth eleni, ac roedd cryn dipyn o'i wres yn dal i din-droi. Chwythai awel fwyn drosto fel anadl babi, a chaeodd ei lygaid er mwyn ei mwynhau'n well.

Dechreuodd bendwmpian.

Neidiodd wrth i'w wraig gyffwrdd yn ysgafn â'i fraich.

'Paid ti â chysgu rŵan, Meirion.'

9

Agorodd ei lygaid a gwenu arni. 'Pwy – fi?'

Rhoes ei wraig blwc ysgafn i'w locsyn. 'Ia, chdi. Mi welis i'r llgada 'na'n dechra cau bum munud yn ôl. Ac mi fyddi di'n flin fel tincar os na fyddi di'n gallu cysgu'n iawn heno 'ma.' Edrychodd yn ei hôl i gyfeiriad siop y pentref. 'Ma gin i awydd neinti-nein. Gymri di un?'

'Pam lai? Cer di, mi fydda i'n tsiampion yma.'

Petrusodd ei wraig.

'Wir yr. Wna i ddim cysgu eto.'

'Ocê. Neu mi fydd *rhywun* yn cael dau neinti-nein, dallta.'

'Ac mi fydd y *rhywun* honno'n cael chwip din o flaen pawb.'

'Ha . . .!'

Rhedodd ei llaw dros ei wallt (oedd, roedd ganddo lond pen o hyd – mwng trwchus arian a fuasai'n codi cenfigen ar Hwfa Môn, wedi'i glymu'n ôl heddiw yn gynffon merlen hir) – cyn gofalu bod breciau ei gadair olwyn yn solet a throi am y siop.

Gwyliodd yntau hi'n mynd, cyn troi'n ôl at yr olygfa o'i flaen. Sibrydai'r awel drwy ddail y coed a dyfai o gwmpas eglwys Sant Cyngar y tu ôl iddo. Er na fuodd o erioed yn eglwyswr na chapelwr, heno byddai wedi hoffi clywed seiniau emyn yn nofio tuag ato trwy ddrysau agored yr eglwys – yn ddelfrydol, 'Tydi a Roddaist'.

Teimlodd ei lygaid yn bygwth cau unwaith eto.

Na . . . does wiw i mi . . .

Clywodd sŵn gweiddi a chwerthin yn dod o'r traeth nesaf. Cafodd ambell gip dros bennau'r creigiau ar blant yn sgrechian wrth chwarae mig â'r tonnau bychain a anwesai'r tywod.

Plant bach penddu, sylwodd. Eu gwalltiau'n ddu fel plu'r frân.

Tsieineaid.

Roedd yn hollol effro rŵan . . .

1

Y Garth, Porthmadog
1968

Cawsent gryn dipyn o drafferth cyrraedd yma oherwydd yr allt, ond roedd yn bwysig iddo ei bod yn gweld un arall o'i hoff olygfeydd. Yn enwedig ar ddiwrnod braf fel heddiw.

Roedd y clawdd yn rhy uchel iddo fo fedru gweld drosto, wrth gwrs. Doedd hithau ddim yn dal iawn. Dywedodd wrthi am roi ei breichiau'n fflat ar ben y clawdd a'i thynnu'i hun i fyny, dim ond ychydig fodfeddi, fel yr arferai o ei wneud pan oedd yn blentyn.

Syllodd i fyny arni o'i gadair olwyn, ei lygaid wedi'u hoelio ar ei hwyneb, yn mwynhau ei hymateb. Gwyliodd ei llygaid duon yn crwydro'n araf o'r chwith i'r dde, o'r dwyrain i'r gorllewin. Cyffyrddodd â'i braich, a phan edrychodd i lawr arno, pwyntiodd drwy gerrig y clawdd at ble roedd y gwahanol fynyddoedd.

'Yr Wyddfa,' meddai. Yna, 'Cnicht . . . Moelwyn Mawr . . . a Moelwyn Bach.'

Siaradai'n araf a chlir, gan ynganu'r enwau sawl gwaith – roedd y ddau'n gorfod defnyddio'r un ail iaith i sgwrsio, a doedden nhw ddim wedi cael digon o amser i ddygymod ag acenion ei gilydd.

Nodiodd hithau a gwenu wrth iddo ddweud enwau'r mynyddoedd. 'Dwi ddim am drio'u deud nhw, 'mond er mwyn i chdi gael chwerthin am 'y mhen i.'

Chwarddodd o p'run bynnag. 'Ydi'r llanw i mewn?'

'Sorri?'

'Oes 'na ddŵr yn yr harbwr?'

'Oes.'

'Rw't ti'n 'i weld o ar ei ora, felly.'

11

Ar ôl ychydig, edrychodd dros ei ysgwydd ar y tai uchel y tu ôl iddo.

'Ro'n i'n arfar leicio meddwl y baswn i, un dwrnod, yn gallu fforddio prynu un o'r rhain.'

Trodd hithau a syllu i fyny ar y tai. Nodiodd yn araf.

'Meddylia am gael deffro bob bora, agor y llenni a gweld yr olygfa yma'n dy groesawu di,' ychwanegodd.

Gwenodd hi i lawr arno. Doedd o ddim yn edrych arni: roedd o'n syllu bellach ar wyneb garw'r clawdd. Teimlodd ei llygaid yn llenwi'n sydyn a throdd yn ei hôl at yr olygfa.

Roedd yr awyr yn las ac yn glir, a phopeth pell yn edrych yn agos, yn enwedig y tri mynydd a edrychai i lawr tuag ati o'r ochr arall i'r dyffryn. Y tri mewn rhes ac yn edrych fel petaen nhw wedi cael eu ploncio yno. Un â phig a edrychai fel mynydd mewn darlun gan blentyn, yr un nesaf yn grwn fel cefn rhyw fwystfil anferth, a'r trydydd yn debyg o ran siâp i fynydd tanllyd neu un o'r *mesas* a welsai droeon mewn ffilmiau cowboi. Roedd dŵr yr afon a orweddai rhwng y mynyddoedd a'r morglawdd a arweiniai allan o'r dref cyn lased â'r awyr, a meddyliodd: Ia, dwi'n gallu gweld pam 'i fod o'n caru'r lle yma cymaint. Mi faswn innau, hefyd, taswn i wedi cael fy magu yma.

Ond ches i ddim.

Pan edrychodd yn ôl i lawr arno, roedd o'n syllu arni eto. Gwenodd ei wên fach swil, â blaenau ei ddannedd uchaf yn brathu'i wefus isaf.

'Gobeithio na welwn ni'r un o hogia'r Cob ar ein ffordd adra,' meddai. 'Dwi 'fod yno'n gweithio heddiw.'

'A *dwi*,' meddai hi'n ôl, 'i fod yn gneud ffilm efo Gregory Peck!'

Tynnodd ei thafod arno a chwerthin.

2

Hogyn digon cyffredin oedd o cyn y ddamwain. Meirion Wyn Jones, ail blentyn ac unig fab Eirian a Gwilym ('Gwilym Lle Gwlân'), yn prynu *Football Monthly* bob mis a *Melody Maker* bob wythnos, ac yn bedair ar bymtheg oed pan newidiwyd ei fywyd yn llwyr, dridiau cyn Nadolig 1966.

Gadawsai'r ysgol yn un ar bymtheg er mwyn mynd i weithio yn y Lle Gwlân, lle roedd ei dad yn yrrwr lorïau. Hoffai chwarae pêl-droed a mynd i lawr i'r Traeth ar brynhawniau Sadwrn i wylio 'hogia ni' (doedd y sgŵar ddim yn ddigon mawr iddyn nhw, wrth gwrs . . .) yn chwarae yn eu crysau coch a du. Pan oedd o'n ddeuddeg oed roedd ei fam wedi gwnïo cap pom-pom iddo o'r un lliwiau.

Hoffai fynychu'r Cob Caffi a bwydo pres i safn y jiwc-bocs; yno y dysgodd beth oedd yn rwtsh a beth oedd yn dda. Roedd yn well ganddo'r Stones na'r Beatles am fod pob dim amdanyn nhw'n fwy garw na'r hyn oedd gan y pedwar Sgowsar glandeg i'w gynnig: eu sŵn, eu hymddygiad, eu hagwedd a'u hymddangosiad. Ar benwythnosau braf hoffai fynd am dro – weithiau i ben Moel y Gest neu Greigiau'r Dre, neu ar ei feic i gymoedd Pennant ac Ystradllyn.

Ond ei hoff le oedd Borth-y-gest â'i draethau bychain a'i greigiau hallt.

Chafodd o mo'r cyfle i ganlyn neb yn selog: credai fod digon o amser ganddo ar gyfer pethau felly. Roedd awydd gweld dipyn ar yr hen fyd yma arno, yn enwedig America. Teimlai ei fod yn nabod y lle'n reit dda yn barod, diolch i'r holl nosweithiau a dreuliodd dros y blynyddoedd yn y Coliseum.

Ond fuodd o erioed yn eistedd yn y seddau cefn efo'i gesail yn llawn a'i wefusau'n brifo'n braf.

Dim ond dwy ferch a gusanodd erioed. Y gyntaf pan oedd yn bedair ar ddeg: Saesnes o'r enw Linda, o Wolverhampton, a oedd yn aros efo'i theulu mewn carafán yn y Garreg Wen. Cerddodd hi'n ôl i'r garafán ar ôl ei dychryn efo straeon ysbryd, a chael ei wobrwyo â'i sesiwn snogio gyntaf.

Drannoeth, diflannodd Linda fel un o alawon telyn Dafydd ar y gwynt.

Hogan leol oedd yr ail – Nerys o Benmorfa, ar ddiwedd dawns yn yr ysgol un nos Wener. Bu fel dyn meddw am ddeuddydd wedyn. Dringodd i ben yr Ynys Galch ac eistedd yno wrth y gofgolofn yn syllu'n freuddwydiol i gyfeiriad Penmorfa. Clwstwr o dai i'w gweld yn y pellter, ac un ohonyn nhw'n gartref iddi Hi. Mewn twymyn, bron, edrychodd ymlaen at y Llun canlynol. Ond troi ei phen oddi wrtho wnaeth Nerys pan ymdrechodd i sbio i fyw ei llygaid ar goridorau'r ysgol.

Yn y gwersi, gwnâi'r hyn y gofynnid iddo'i wneud, a dim mwy. 'Boddhaol' oedd y sylw amlycaf ar ei adroddiadau. Doedd o ddim yn ddiog nac yn drafferthus nac yn ddwl, ond roedd ei feddwl yn aml ar grwydr. Pêl-droed yn y gaeaf, a physgota am ledod a slywod ac ambell facrell yn ystod yr haf.

Er hynny, roedd wastad wedi mwynhau darllen. Âi hefo'i dad i'r llyfrgell bob wythnos, a magodd flas am straeon antur pan oedd yn ifanc a *thrillers* wrth dyfu'n hŷn – Ian Fleming, wrth gwrs, ac Alistair McLean, Desmond Bagley, Hammond Innes a James Hadley Chase, a nofelau ocwlt Dennis Wheatley.

'Be am rwbath Cymraeg?' awgrymodd Gwenllian yn y llyfrgell un noson, pan oedd yn methu cael hyd i lyfr a gipiai ei ffansi.

Ysgydwodd ei ben a gwenu. 'Braidd yn sych ydyn nhw gin i.'

'Dw't ti ddim yn bod yn deg iawn, Meirion.'

'Dydio'm yn blesar os dwi'n goro' chwilio trw' ddicsionari bob yn ail funud. A ma darllan i fod yn blesar, yn dydi?'

'Yndi, siŵr. Ond yli – tria hwn.'

Roedd rhywun newydd ddod â *Blas y Cynfyd* yn ei ôl. Darllenodd y teitl, ac edrych i fyny arni efo'i wên ddireidus.

'Be ydi "cynfyd", d'wad?'

'O, Meirion . . .'

'Ti'n gweld be sgin i?'

Rhoddodd y nofel yn ei hôl ar y cownter.

'Un dwrnod, ella,' meddai. Wedi iddo gyrraedd y drws, trodd: roedd cwpled o ddyddiau'r ysgol newydd ddod i'w feddwl. 'Un dwrnod . . . pan fwyf yn hen a pharchus a'm gwaed yn llifo'n oer – ocê?'

Chwarddodd wrth fynd allan, o weld Gwenllian yn rhythu arno.

'Ma hi'n dy ffansïo di, 'sti,' meddai Dewi Stiffs wrtho, ychydig wythnosau wedyn.

'Pwy – *Gwenllian*? Callia.'

Roedd Gwenllian newydd wenu'n swil arno o'r ochr arall i'r stryd. Dewi ac yntau ar eu ffordd i'r Sportsman, a hithau ar ei ffordd adref o'r llyfrgell.

'Dwi'n deud wrthach chdi.'

'Ma hi bum mlynadd yn hŷn na fi,' meddai Meirion.

'Dwi'n deud wrthach chdi.'

'Isio i mi fod yn un o'r petha Cymdeithas yr Iaith 'na ma hi.'

'*Be*?'

Roedd Gwenllian wedi gofyn iddo a oedd ganddo diddordeb, gan ei bod yn ceisio sefydlu cangen yn y dref.

'Ffwcin hel,' meddai Dewi Stiffs, 'cad yn ddigon clir, felly.'

'Mi wna i, paid â phoeni.'

I mewn â nhw drwy ddrws cefn y Sportsman ac eistedd efo'u peintiau. Soniwyd yr un gair arall y noson honno am Gwenllian. Chwarae teg, roedd gan yr hogia bêl-droed i'w drafod. Gorffennaf 1966 oedd hi wedi'r cwbl, ac roedd y gemau gogynderfynol newydd gael eu chwarae.

'Cês ydi'r boi Rattin 'na, yndê?'

Capten tîm yr Ariannin oedd Antonio Rattin. Roedd wedi cael ei hel oddi ar y cae gan y dyfarnwr, ond gwrthododd fynd. Mynnodd nad oedd o wedi gwneud unrhyw beth i haeddu'r fath gosb.

'Roedd o wedi rhegi'r reff, yn doedd?' meddai Dewi.

'Sut oedd hwnnw'n gwbod? Jyrman ydi o, yndê? Ydi o'n dallt Sbanish?'

'Ma'r reffs 'ma'n gwbod pan fydd rhywun yn 'u rhegi nhw, decini. Mae o'n digwydd ddigon iddyn nhw.'

'Ma nhw'n trio deud fod y Saeson a'r Jyrmans yn gweithio efo'i gilydd i gael hogia Sowth America allan o'r holl beth,' meddai Meirion.

'Duw, mi ddeudan nhw rwbath . . .'

'Wel, dwi'm mor siŵr, 'sti. 'Swn i'm yn synnu, yndê. 'Swn i'm yn rhoid dim byd hibio'r ffwcin Saeson 'ma, ma hynny'n saff. Sbia ar y ddau yna o Uruguay gafodd send off.'

'Hector Silva a Horacio Troche?'

'Y . . . ia, 'na chdi. Rheiny. Ond y pwynt ydi, yndê – yn erbyn pwy oeddan nhw'n chwara?'

'West Jyrmani. Hmmm . . .' Meddyliodd Dewi am ychydig. 'Ac roedd 'na *hand-ball* gin Schnellinger, yn doedd?'

'A phwy oedd y reff? Neu *be* oedd o?'

'Sais. Jim Finney.' Meddyliodd Dewi eto, yna ysgydwodd ei ben. 'Na, sorri, ti'n malu cachu, Mei.'

'Gwatsia di. Pan ddaw hi i'r ffeinal, Lloegar a West Jyrmani fydd hi.'

'Rybish! Mi geith y Saeson uffarn o gic yn din gin Portiwgal. Blydi hel, Mei, ma gin Portiwgal Eusebio'n chwara iddyn nhw, cofia. Ac os chwaraeith o hannar cystal yn erbyn Lloegar ag y gwna'th o yn erbyn North Korea . . .'

'Gawn ni weld, ia?'

'Dwi'n deud wrthach chdi.'

Gwgodd Dewi i mewn i'w beint, yna gwenodd.

'Roedd yn grêt pan steddodd Rattin ar garpad coch y Frenhinas, 'fyd, yn doedd? Jyst cyn iddo fo fynd oddi ar y cae o'r diwadd.'

'Ro'n i'n gweddïo y basa fo'n cachu arno fo,' meddai Meirion.

Rhuodd y ddau.

Yna meddai Dewi Stiffs, 'Rŵan, y Diliau . . . Fasat *ti*?'

3

Y Cob Crwn, Porthmadog
1968

Eisteddai Mei Ling ar fainc bren yn wynebu'r Traeth, ei chefn yn syth a'i dwylo wedi'u plethu ar ei glin.

Roedd hi'n oer yma – y gwynt wedi troi'n fain ac yn biwis wrth chwythu dros y Traeth Mawr. Fyddai Meirion ddim ond yn dod yma rŵan os oedd ganddo rywun efo fo i'w wthio: roedd wyneb y llwybr yn rhy arw a thyllog. Problem arall i rywun mewn cadair olwyn oedd yr holl faw ci. Roedd yn ddigon drwg ar balmentydd y strydoedd, ond yma roedd yn ffinio ar fod yn ysblennydd.

'Ro'n i'n arfar byw a bod yma, ar benwsnosa a gwylia'r ha yn enwedig, yn pysgota.' Pwyntiodd at afon Glaslyn a'r Traeth o'i flaen. 'Rw't ti angan trwyddad ar gyfer yr ochor yma. Afon, ti'n gweld. Dŵr ffres. Afon Glaslyn – lle da am eog, meddan nhw. Ond y tu ôl i mi . . .' Pwyntiodd dros ei ysgwydd at y Llyn Bach. 'Dŵr môr, yn rhad ac am ddim. Dw't ti ddim angan trwyddad ar gyfar y môr.'

Syllodd Mei Ling ar y brwyn ar ochrau'r Traeth yn chwifio'n ôl ac ymlaen, ac ar yr alarch a orweddai'n fwndel gwyn a chrynedig rhwng y brwyn a'r dŵr, a'r gwynt yn cribo wyneb y dŵr.

'Roedd hwn i gyd dan ddŵr, 'sti, nes iddyn nhw godi'r Cob,' meddai Meirion. 'Yr holl ffordd at Aberglaslyn. Beddgelart, bron iawn.'

Tawodd. Doedd hi ddim eisiau gwybod hyn i gyd, siŵr. Y fo oedd yn paldaruo, wedi'i daflu braidd pan ofynnodd iddo pam ei fod o mewn cadair olwyn.

Trodd Mei Ling ato a chau ei llaw dros ei law o.

'Ma'n olréit, os nad wyt ti isio atab. Doedd gen i ddim hawl busnesu yn y lle cynta.'

Ysgydwodd ei ben yn ffyrnig. Na. Roedd arno eisiau rhannu popeth efo hon.

Popeth.

Mentrodd gydio ychydig yn dynnach yn ei law.

'Gweld hogia ifanc Port yn mynd o gwmpas y lle'n tsiantio "Ingland! Ingland!" yn ystod y World Cup. Dyna be ddaru 'ngwylltio i, a gneud i mi ddechra meddwl.'

Dywedai hyn weithiau wrth bobol nad oedd o'n eu nabod nhw'n dda iawn. Doedd dim llawer o bwys ganddo os oedd y rheiny eisiau meddwl amdano fel rhyw ferthyr dewr, fel dyn oedd wedi dioddef yn enbyd dros yr iaith. Ac roedd yna rithyn bychan o wirionedd yn llechu yng nghanol y geiriau nobl. Roedd o a Dewi Stiffs *wedi* ffieiddio at griw o hogia un noson, pan oedd Lloegr newydd guro Mecsico o ddwy gôl i ddim. Mi aeth hi'n ffeit, bron, ac mi alwodd yr hogia nhw'n 'Welsh Nashis'.

Hoffai feddwl hefyd fod sefyll ar lan y blydi llyn hwnnw wedi cael rhyw gymaint o effaith arno. Ar adegau, aeth mor bell â meddwl bod rhyw fymryn o'r angerdd a deimlai Elwyn, ei gefnder, wedi'i drosglwyddo iddo yntau.

Ond wrth Mei Ling, dywedodd y gwir.

'Dangos 'yn hun ro'n i. Rhyw hen orchast wirion, fel 'sa Mam wedi'i ddeud tasa hi'n gwbod.'

'Dangos dy hun o flaen pwy, Meirion?'

4

Dangos ei hun o flaen Medwen, bodan ei gefnder ar y pryd. Medwen, na welodd o mohoni byth wedyn. Cyfuniad annisgwyl o Bardot a Shrimpton, ond hefyd ag awgrym o'r hogan-drws-nesa-Sandie Shaw-aidd. Hogan oedd yn rhy ddel ac yn rhy chwareus o beth myrdd i Elwyn.

'Ma'n rhaid fod gynno fo goc fel camal,' meddai Dewi Stiffs. 'Fo a'i ffwcin Cymdeithas yr Iaith,' ychwanegodd. Sisis oedd aelodau'r Gymdeithas i Dewi – stiwdants oedd yn leicio cymryd arnyn nhw eu bod wedi llyncu dicsionaris. Nid fel yr hogia go iawn oedd yn perthyn i MAC a'r FWA. Buasai Dewi'n ymuno efo *nhw* fory nesa. Tasa fo ond yn gwybod pwy oeddan nhw. A lle i fynd.

Roedden nhw wedi mynd efo Elwyn a Medwen i Dryweryn, yn bennaf er mwyn cynddeiriogi Elwyn. Medwen oedd wedi'u gwahodd y noson cynt. 'Dowch efo ni, hogia,' meddai, a'i llygaid ar rai Meirion.

'Sgin y rhein ddim diddordab, siŵr Dduw,' meddai Elwyn.

'Na,' meddai Meirion. 'Na, mi ddown ni.' Trawodd winc slei ar Medwen, ond roedd o wedi bwriadu mynd yno rywbryd beth bynnag. Talu teyrnged – rhywbeth y teimlai y dylai ei wneud, fel mynd i gynhebrwng – yn hytrach na rhywbeth roedd arno *eisiau* ei wneud. Yn fan Yncl Arthur, tad Elwyn, yr aethon nhw, a Meirion a Dewi yn bowndian o gwmpas yn ei chefn efo'r tuniau paent a'r holl geriach. Yr Elwyn surbwch yn gyrru a Medwen wrth ei ochr, yn sbecian yn slei dros ei hysgwydd bob hyn a hyn. 'Fy ffansïo *i* ma hi,' sibrydodd Dewi wrtho. 'Nid y chdi.'

Roedd wedi cau efo glaw mân pan gyrhaeddon nhw. Ond roedd hynny'n iawn, yn tsiampion. Fyddai heulwen yn dawnsio ar donnau'r dŵr ddim wedi gweddu rywsut.

'Gwarth,' meddai Elwyn. 'Gwarth.' Edrychodd ar Meirion a Dewi fel petai'n eu herio i anghytuno – fel 'taen *nhw* fu'n gyfrifol am y penderfyniad i foddi Cwm Celyn.

Gwisgai Elwyn gôt ddyffl a'i sgarff coleg; roedd ganddo locsyn, hefyd – un taclus a hunanbwysig, gwahanol iawn i'r un a fyddai gan Meirion ymhen blwyddyn neu ddwy. I goroni'r cyfan, roedd o wedi dechrau smocio cetyn.

Ond roedd ganddo fo Medwen, er gwaetha hyn i gyd. Taflodd hi olwg sydyn ar Meirion cyn lapio'i braich am fraich Elwyn a syllu dros wyneb llwyd y llyn, yn gwybod ei bod yn edrych yn ciwt efo'i gwallt yn sbecian yn bryfoclyd allan o gysgod ei hwd.

Gwisgai Dewi Stiffs gap denim fel un Donovan ond roedd Meirion yn bennoeth, yn gwlychu ac yn fferru. O'r diwedd dyma ddychwelyd i'r fan anghyfforddus a chychwyn yn ôl am adref, a phawb yn reit dawedog.

Nes iddynt ddod at arwydd ffordd ychydig cyn cyrraedd Trawsfynydd.

'Sbiwch ar hwn, mewn difri calon.' Arafodd Elwyn y fan. Anodd oedd gweld yr arwydd o'r cefn. Craffodd Meirion drwy'r ffenest flaen orau medrai, ei wefusau ddim ond modfedd oddi wrth wddw Medwen, a'i ffroenau'n llawn o bersawr a sebon a siampŵ.

'Be ydi o?' holodd Dewi Stiffs o'r tu ôl.

'Halan yn y briw, dyna be ydi o,' atebodd Elwyn. Roedd cryn sôn yn barod ymysg aelodau Cymdeithas yr Iaith am gychwyn ymgyrch newydd – roedd rhai wedi dechrau'n barod, meddai Elwyn – o beintio arwyddion uniaith Saesneg. Eu peintio â phaent gwyrdd.

'Ma 'na beth yma, yn y cefn. Rw't ti'n ista arno fo,' meddai wrth Dewi Stiffs.

Dringodd Meirion a Dewi allan o'r cefn. Daeth Medwen allan o'r sedd flaen, a'i llygaid yn sgleinio. 'Pwy sy am ddringo i ben y to 'ta, hogia?'

'Does 'na'm 'sgolion yma?'

'Roedd yn rhaid tynnu rhwbath allan er mwyn gneud lle i chi'ch dau,' meddai Elwyn. Arhosodd o y tu ôl i'r olwyn. 'Dewi, y chdi ydi'r tala.'

'Ffyc off.'

'Ma'n ddrwg gin i – be oedd hynna?'

'Os w't ti isio peintio seins, ffwcin peintia nhw dy hun.'

'Mi wna i,' meddai Meirion, er mwyn y pleser o weld llygaid Medwen yn serennu arno. Cafodd gip sydyn ar flaen pinc ei thafod yn llyfu'i gwefus isaf cyn iddi droi i ffwrdd ac estyn y paent o gefn y fan.

'Mei . . .' dechreuodd Dewi.

'Ma'n ocê. Jyst rho hwb i mi i fyny, 'nei di?'

Efo help Dewi, llwyddodd i sgrialu i ben y fan. Safodd yn simsan ar y to llithrig. Teimlai'n fwy gwyntog yma, a gwlypach – fel tasa'r gwynt yn fflemio arno, meddyliodd. 'Ocê,' meddai, 'dwi'n meddwl . . .'

Roedd Medwen wedi agor y tun paent ac wedi dod o hyd i frws yng nghefn y fan.

'Barod?' gofynnodd.

'Decini,' atebodd Meirion.

Daeth car dros frig yr allt, ei oleuadau'n gryf yn yr hanner gwyll.

"Ffwc-jwc . . .!" clywodd Meirion Dewi'n ebychu, a rhoes y fan herc annisgwyl o dan ei draed wrth i Elwyn banicio – wedi cael i'w ben mai'r heddlu oedd yno, deallodd Meirion wedyn. Teimlodd ei draed yn colli'u gafael bregus ar y to, a gwyddai y byddai'n syrthio.

'Mei!' clywodd, ac yna roedd y glaw yn disgyn dros ei wyneb ac i mewn i'w geg a'i lygaid. Dwi'n gorwadd ar y ddaear, sylweddolodd – ar 'y nghefn yng nghanol y glaw. Twat . . .

Caeodd ei lygaid. Pan agorodd nhw, roedd hi wedi tywyllu ac yn stido bwrw go iawn.

Gwelodd wyneb dieithr yn agos iawn at ei wyneb o.

'Tria beidio symud, 'ngwas i, olréit?' meddai'r wyneb.

'Fedra i ddim,' ceisiodd yntau ddweud. 'Fedra i ddim . . .'

'Ma 'na ambiwlans ar 'i ffordd yma.'

Yn barod? meddyliodd. 'Tydi amsar yn gwibio heibio pan fo rhywun yn cael hwyl efo'r hogia.

5

Y Cob Crwn
1968

Bu'n dawel am ychydig wedyn, yn meddwl am ryw reswm am Gwenllian, yno wrth droed ei wely a'i chôt wedi'i chau reit i fyny at ei gwddf, a bwndel o lyfrau iddo yn un o fagiau siop sgidiau Seventy Seven.

Pryd oedd hi – mis Chwefror? Ia, teimlai, â brith gof o orwedd yno'n syllu drwy'r ffenest yn gwylio'r cymylau'n cynnal rasys yng ngoleuni haul disglair a gwlyb. A Gwenllian yn sefyll rhwng y ffenest a'r gwely, ei gwallt crychlyd du dros y lle ac yn edrych fel cymeriad cartŵn oedd newydd gael ei ddychryn mewn *haunted house*.

'Dwi'm yn dy ddallt di, Meirion.'

Roedd ei llais yn crynu â chryndod nerfus rhywun sy byth bron yn ei godi mewn tymer.

'Yr holl droeon dwi wedi trio dy gael di i fod yn aelod o'r Gymdeithas, a dyma chdi'n mynd allan a gneud rhwbath fel hyn.'

Daeth o fewn dim o ddweud wrthi hithau mai dim ond dangos ei hun yr oedd o.

Ond roedd Gwenllian wedi dechrau crio, ac wedi codi'i llaw i rwbio'i llygad cyn cofio bod ei sbectol ar flaen ei thrwyn. Gollyngodd y bag llyfrau ar ei wely ag ebychiad diamynedd, cyn brysio allan oddi wrtho.

* * *

'A welist ti mohoni hi wedyn?' meddai Mei Ling.

Ymysgydwodd.

'Sorri, be? O – Medwen? Naddo. Mi orffennodd hi efo Elwyn y dwrnod wedyn a'i ffaglu hi'n ôl adra i . . . wel, 'sa chdi ddim callach lle. Ti 'di clywad am Wrecsam? Ddim yn bell iawn o fan'no, ond allan yn y wlad.'

Llanarmon-yn-Iâl. Yno roedd cartref Medwen, deallodd ymhen hir a hwyr. Ond roedd o wedi meddwl llawer amdani – hi a'i llygaid direidus a'r blaen tafod bach pinc, pryfoclyd hwnnw.

'Mi anfonodd hi gardyn imi. Gwellhad buan. Fel pob cardyn arall ges i.' Gwyddai ei fod yn swnio'n chwerw. Cofiai sut y bu i'w dad rwygo cerdyn Medwen yn ddarnau mân, a gollwng y darnau'n gonffeti i mewn i'r fasged ysbwriel. 'Dipyn o jôc, a finna'n styc yno am bron i ddeunaw mis i gyd.'

'Lle oedd yr ysbyty?'

Gwenodd ar Mei Ling.

'Ar garrag dy ddrws di. Yn Lerpwl. Ysbyty Walton.'

'Ma Lerpwl yn fawr, cofia.' Ac mae'n cymuned ni yno mor fach, meddyliodd, mor uffernol o fach. Cododd oddi ar y fainc. 'Dwi'n oer . . .' meddai.

Yna sylweddolodd fod Meirion yn dal ei ben ar un ochr, fel tasa fo'n gwrando'n astud. Clustfeiniodd hithau ond chlywodd hi ddim byd anghyffredin.

'Be sy?' sibrydodd.

Ysgydwodd Meirion ei ben.

'Dim byd, ddim heddiw. Weithia ma'n bosib clywad dyfrgwn yn cyfarth. Jyst cyn iddi nosi, gan amla. Rydan ni'n rhy gynnar, dwi'n meddwl.'

Ochneidiodd.

'Ddylan ni fynd, decini. Ti'n iawn, ma hi wedi oeri.'

6

Porthmadog

Soniai'n aml am ei thaid. Dangosodd iddo lun ohono a gadwai yn ei phwrs.

'Li Chen Gao,' meddai. 'Cafodd hwn ei dynnu chwe mlynedd yn ôl. Wyddost ti yn lle?'

Safai Li Chen Gao, ei thaid, yng nghanol byddinoedd lliwgar o diwlips. Gwisgai gôt gabyrdîn dros siwt dywyll a edrychai fel petai'n hongian oddi ar ei gorff tenau. Roedd ganddo het fach ledr ar ei ben ac roedd yn gwenu fel giât. Edrychai fel hen ddyn bach clên, yn dipyn o gymêr.

'Amsterdam . . .?'

Chwarddodd Mei Ling.

'Rhyl. Y tu allan i'r Floral Hall. Yr unig dro i mi fod yng Nghymru o'r blaen.'

Cymerodd y llun oddi arno, edrych arno am eiliad neu ddau, a'i roi'n ôl yn ofalus yn ei phwrs.

'Roedd o wrth ei fodd efo bloda. Dylai fod wedi mynd yn arddwr yn hytrach na chadw siop. Doedd o ddim yn ddyn busnas da iawn. Yn sicr, mi fasa fo wedi bod yn hapusach o lawer.'

'Roedd 'y nhaid inna'n mwynhau garddio. Roedd gynno fo lotment i lawr yng Nghhae Pawb.'

Cyfieithodd 'Cae Pawb' iddi. Gwenodd Mei Ling, wedi hoffi'r enw.

'Aethon ni i'r Rhyl ar drip o adra. Yr unig dro i mi'i gofio fo'n cau'r siop ar ddydd Sadwrn. Anrheg pen-blwydd un ar bymtheg i mi oedd o i fod, ond Taid fwynhaodd ei hun fwya, dwi'n siŵr. Mynnodd gael mynd ar bob dim yn y Marine Lake. Aeth o ar y ffigarêt deirgwaith – wedi cael modd i fyw, ac yn chwerthin fel ffŵl drwy'r amsar. A'r Ghost Train. Aethon ni hyd yn oed drwy'r Tunnel of Love!'

Chwarddodd Meirion. Hawdd oedd dychmygu'r Tsieinead bach tenau hwn, yn ei siwt a'i gôt a'i het ac yn wên o glust i glust, yn mwynhau'r gwahanol reidiau.

Ceisiodd hefyd ddychmygu'r Fei Ling un ar bymtheg oed, a'i gwallt yn hir y dyddiau hynny – dim ond newydd ei dorri o roedd hi, cyn dod yma – yn gwenu'n hapus am fod ei thaid yn gwenu. Am ei fod o'n mwynhau cael bod allan o'r siop – o Duke Street, o Lerpwl am ddiwrnod cyfan a phrin. Dychmygodd Meirion hi mewn anorac, a phâr o'r slacs rheiny oedd â strapiau bychain ar waelod y coesau i'r merched wthio'u traed drwyddyn nhw, Duw a ŵyr pam. Dychmygodd hi'n tynnu'i chamera o'i phoced, a mynnu bod ei thaid yn sefyll yno yng nghanol y tiwlips. On'd oedd hi'n bechod, meddyliodd, na fuasai hi wedi meddwl am ofyn i rywun dynnu llun ohoni hi a'i thaid efo'i gilydd? Buasai Meirion wedi mwynhau gweld llun ohoni'n un ar bymtheg oed.

Roedd Li Chen Gao wedi mopio hefyd ar y reid 'Round the Farm', lle roedd o'n cael marchogaeth ceffyl i fyny ac i lawr gwahanol lefelau.

'Roedd o wrth ei fodd efo ffilmiau cowboi,' eglurodd Mei Ling, a sylwodd Meirion ar gysgod tywyll yn hedfan yn sydyn dros ei hwyneb, bron fel tasa rhywbeth anferth newydd wibio rhyngddi hi a'r haul.

'Be sy?'

Ysgydwodd ei phen.

Ei thaid, meddai, oedd wedi'i magu: bu farw ei mam wrth ei geni hi. Llongwr oedd ei thad, a welodd Mei Ling mohono erioed. 'Mwy na thebyg, wela i mono fo chwaith tra bydda i byw.' Cawsai ei anfon yn ei ôl i Tsieina ar ddiwedd y rhyfel – 'Rhywbeth i'w wneud efo rhyw streic neu'i gilydd. Dda'th o ddim yn ei ôl, beth bynnag.' Yna ychwanegodd: 'Wel . . . ddim hyd y gwn i. Dwi'n siŵr y basa Taid wedi deud.'

Doedd hi byth bron yn meddwl am ei thad, meddai, a go brin y buasai ganddi unrhyw beth i'w ddweud wrtho tasa fo'n digwydd ymddangos yn y siop ryw ddiwrnod.

Ond teimlai golli ei thaid yn ofnadwy.

Lerpwl

Naw diwrnod a deugain o alaru: dyna oedd y traddodiad. Ac roedd Li Chen Gao yn un garw am draddodiadau.

Ar yr hanner canfed dydd, caeodd Mei Ling y siop a mynd i dorri'i gwallt yn gwta. Daeth ei ffrind gorau, Wen, gyda hi. Yn y drych, gwelodd Mei Ling hi'n ysgwyd ei phen yn drist wrth i'r tresi duon syrthio i'r llawr. Edrychodd Wen i fyny a dal Mei Ling yn ei llygadu. Tynnodd Mei Ling ei thafod arni. Trodd Wen i ffwrdd a chydio mewn hen gopi o *Woman's Realm*.

Yn ôl adref yn y fflat uwchben y siop, meddai wrth Wen: 'Mae'n amser i mi newid.'

'Dw't ti ddim isio edrych fel fi ddim mwy?'

A, meddyliodd Mei Ling, dyna be sy. Roedd y ddwy wastad wedi edrych fel dwy chwaer; ochr yn ochr, meddai amryw, roedden nhw fel efeilliaid.

'Nid dyna pam, siŵr.'

'Be, felly?'

Gallai weld drwy'r ffenest ei bod yn dechrau nosi'n gynnar, er bod dros wythnos cyn troi'r clociau 'nôl. Wedi iddi roi'r golau ymlaen, trodd y ffenest yn ddrych. Gwelodd ddynes ddieithr yn syllu'n ôl arni. Eisteddai'r hen fersiwn ohoni wrth y bwrdd, yn disgwyl am ateb.

'Ma Tony'n ei leicio fo'n hir.'

'Be?' Yna deallodd Wen. 'O!'

'Yn hollol.' Trodd yn ôl at y ffenest gan siarad efo Wen fel y gwnaethai droeon â hi'i hun. 'Dwi wedi cael digon, Wen. Ohono fo, ac . . .'

Poerodd y gwynt lond ceg o law mân yn erbyn y gwydr.

'Ac . . .?'

'Ac o grafu bywoliaeth yn y siop 'ma.'

Caeodd y llenni; roedd y tywyllwch gwlyb yn gwneud iddi deimlo'n oer. Plygodd a thanio'r tân nwy a gynhesai'r fflat. Wrth ymsythu, sylwodd fod haen o lwch llwyd ar ei ben. Ac ar y silff ben tân. Ac ar y teledu yn y gornel.

'Dwi wedi ymlâdd erbyn dringo i fyny'r grisia ar ddiwedd y dydd. A'r holl waith papur wedyn.'

Edrychodd o'i chwmpas fel rhywun ar goll. Lle ma'r cadacha a'r clytia'n cael eu cadw? O ia, yn y gegin . . .

'Erbyn i mi gael bath, prin fod gen i'r egni i gropian i 'ngwely. Ac i be?'

'Dw't ti ddim yn meddwl gwerthu siop dy daid?'

Syllodd ar Wen, yna trodd a mynd i'r gegin. O'r cwpwrdd dan y sinc, estynnodd ddwster wedi'i wneud o weddillion hen gynfas gwely. Ysgydwodd y tun polish dodrefn – swniai fel bod gronyn o reis yn bowndian o gwmpas yn ei waelod.

Dychwelodd i'r ystafell fyw.

'Fy siop *i*, Wen.'

'Wel, ia, wn i. Ond . . .'

'Ond be?' Pesychodd y tun polish wrth iddi wasgu'i dop. Pesychiad sych fel pesychiad hen ŵr, meddyliodd. Gollyngodd ef â chlec uchel i'r fasged sbwriel fetel a gawsai am ddim gyda sawl paced o bowdwr golchi dillad. Edrychodd yn hurt ar y clwt yn ei llaw cyn gollwng hwnnw hefyd i'r fasged, i setlo fel amdo dros y tun polish.

'Siop Li Chen Gao ma pawb yn 'i galw hi – *wedi*'i galw hi ers cyn i ni gael ein geni. A dyna fydd hi – ti'n gwbod fel ma nhw.'

'Ydw i?'

Eisteddodd Mei Ling efo Wen wrth y bwrdd.

'Wel, ia. Dwi'm mor siŵr bellach ydw inna chwaith yn gwbod fel ma nhw. Wyddost ti pam, Wen? Achos fydda i byth bron yn eu *gweld* nhw. Ma'r rheiny oedd yn arfer galw i mewn yma am ambell i beth bach bob hyn a hyn, er mwyn bod yn driw i'r hen Li Chen Gao, wedi hen roi'r gora iddi. Erbyn hyn ma nhw i gyd yn mynd i'r siopa newydd 'ma sy wedi codi ym mhobman dros nos, siopa efo llawar iawn mwy o ddewis na siop gornel Li Chen Gao. Siopa sydd hefyd yn gallu fforddio cynnig y dewis gwych hwnnw am brisiau rhatach. Rhatach o lawer. A wyddost ti be? Dwi'm yn gweld unrhyw fai arnyn nhw.'

Chwiliodd Wen drwy'i bag am ei sigaréts. Pur anaml y byddai ei theulu hi'n mynychu siop Li Chen Gao – siop Mei Ling – y dyddiau hyn. Dim ond ambell i baced o sigaréts fyddai hi ei hun yn ei brynu yma – deg o No. 6 pan fyddai wedi anghofio cael ugain mewn siopau rhatach. Bocs o fatsys, weithiau. Paced o Wrigley's.

Roedd Mei Ling wedi darllen ei meddwl.

'Faint o weithia w't ti wedi galw yma, a 'nghael i'n ista fel delw y tu ôl i'r cownter yna? Pryd oedd y tro diwetha i ni orfod torri ar draws ein sgwrs er mwyn i mi syrfio rhywun?'

Taniodd Wen ei sigarét, ac eisteddodd y ddwy mewn tawelwch am ychydig. Gwrandawodd Mei Ling ar y glaw yn sgubo yn erbyn y ffenest. Er bod y golau ymlaen, cafodd y teimlad annifyr fod yr ystafell yn tywyllu'n raddol o'i chwmpas – bod rhywbeth milain yn sugno'r trydan a'r goleuni i gyd o'r fflat.

Edrychodd Wen tuag ati sawl gwaith. Roedd hi'n amlwg yn teimlo y dylai ddweud rhywbeth, ond doedd hi ddim yn siŵr iawn be. Neu ddim yn siŵr *sut* i'w ddeud.

O'r diwedd, meddai:

'Tony Chow . . .'

'Be amdano fo?' gofynnodd Mei Ling.

Gwenodd Wen yn betrus.

'Basa Li Chen Gao wrth ei fodd.'

Crwydrodd llygaid Mei Ling tuag at ei harddwrn. Arno gwisgai rhuban bach o sidan glas. Mynnai'r traddodiad ei bod yn gwisgo hwn am gant o ddyddiau. Du i blant yr ymadawedig; glas i'r wyrion a'r wyresau.

'Ond,' meddai Wen, 'y siop . . .'

'Wyddwn i ddim fod pethau cynddrwg. Ddeudodd o 'run gair wrtha i.'

Teimlai'n wyllt efo'i thaid mwyaf sydyn, a daeth yn agos at rwygo'r rhuban oddi ar ei harddwrn a'i ollwng i mewn i'r fasged sbwriel efo'r dwster a'r tun polish. Naddo, doedd Li Chen Gao ddim wedi dweud yr un gair, dim ond mynd i gysgu un noson a pheidio â deffro'r bore wedyn.

Mynd yn ei gwsg – yn slei bach, rywsut.

'Ma'n rhaid i'r siop fynd, Wen. Fedra i ddim dal ati fel hyn. Dwi ddim isio.'

'Fedri di ddim . . .?'

'Fedra i ddim be?'

'Dwn 'im. Gwerthu rhwbath arall yma – 'i gneud hi'n siop wahanol.'

Ysgydwodd Mei Ling ei phen.

'Dwi ddim *isio*.'

'Ti jyst isio'i gwerthu hi, a mynd?'

'Ia.'

'O 'ma – o Lerpwl?'

Petrusodd Mei Ling am eiliad, yna nodiodd.

'Ia.'

'I lle?'

'Dwi ddim wedi meddwl eto.'

Celwydd. Wrth gwrs ei bod hi wedi meddwl. Doedd hi ddim wedi gwneud fawr ddim byd arall *ond* meddwl ers i'w thaid farw. Meddwl, a breuddwydio.

Roedd yn amlwg o'r ffordd y diffoddodd Wen ei sigarét nad oedd hi wedi'i choelio.

'O'r gorau,' meddai Mei Ling. 'America. Dwi isio mynd i America.'

Porthmadog

Pan glywodd Meirion hynny, yr hyn a feddyliodd, yn hollol afresymol, oedd: Mi awn ni yno'n dau. Chdi a fi. Awn ni yno efo'n gilydd.

Wedyn, yn ei wely, y sylweddolodd mor agos y daethai at wneud ffŵl go iawn ohono'i hun. Mor agos y buo fo at *ddeud* y geiriau gwallgof.

Yn lle hynny, gofynnodd iddi:

'Pam America?'

Doedd hi ddim yn gwybod yn iawn. Efallai mai oherwydd yr holl ffilmiau cowboi a'r cyfresi teledu yr oedd ei thaid yn arfer eu mwynhau cymaint. Roedd rhywbeth ynglŷn ag enwau nifer o'r llefydd – rhyw hud. Er, meddai, roedd hi'n ddigon call i wybod mai hud arwynebol Hollywood oedd o i gyd, fwy na thebyg.

San Antonio. Rio Grande. Laramie. Cheyenne.

Las Vegas, Los Angeles a Santa Fe.

Swniai'r enwau'n od – bron yn ddoniol – yn ei hacen hi. Enwau Sbaeneg mewn acen Tsieineaidd oedd â chysgod o acen y Sgowsars yn ei llygru.

'Be am Efrog Newydd? Boston?'

Roedd hi wedi troi'i thrwyn ar y rhain.

'Rhy oer.'

'Ond ddim yn yr haf.'

'Dydi Lerpwl, chwaith,' meddai wrtho, 'ddim yn oer yn yr haf. Ac mae America yn *bell*.'

Unwaith eto hedfanodd yr hen gysgod atgas hwnnw dros ei hwyneb. Gwelai Meirion hwnnw yn amlach wrth i'r dyddiau gipio'u hamser oddi arnynt – eu hamser efo'i gilydd, eu hamser nhw. *Ein hamser ni.*

Roedd bron bob un o'u sgyrsiau nhw bellach yn dod yn ôl at hyn – yn gorffen gyda'r cysgod hwnnw'n prancio'n watwarus rhyngddyn nhw.

Ond fasa hi ddim yma oni bai amdana i, sbeitiai'r cysgod

ef. Mae gen ti le i ddiolch i mi, washi. Y fi ddaeth â hi yma, a fi a'i sodrodd hi yn dy fywyd.

Ac yn y llofft lle roedd o'n arfer cysgu cyn y ddamwain – yn y gwely sengl, cul a chyfforddus a diogel, gyda'r Rolling Stones yn gwgu i lawr arni o'r mur – meddyliodd Mei Ling: Mae'n rhaid i mi fynd o 'ma.

* * *

Cododd yn gynnar y bore hwnnw, ymhell cyn pawb arall. Bu'n effro am oriau'n gwrando ar law trwm a ddaethai o nunlle. Roedd hi mor braf y noson cynt.

'Mae'n bosib gweld y pell yn agos,' cofiai Meirion yn dweud. 'Arwydd o dywydd drwg, yn ôl Dad.'

Ond erbyn y bore roedd y glaw wedi peidio ac wedi golchi'r aer yn glir. Aeth allan drwy'r drws cefn, a thrwy'r cefnau a'r iard lechi a heibio i'r hen felin a thyrrau hyll y gwaith nwy nes cyrraedd y Cob Crwn a'r Llyn Bach, lle buon nhw'n gwrando'n ofer am gyfarthiad y dyfrgwn o lannau afon Glaslyn.

Roedd holl aer y bore'n hynod o bur a llonydd. Disgleiriai'r afon i'r chwith iddi a'r Llyn Bach i'r dde, fel petai'n fore o haf cynnar. Eisteddodd ar y clawdd isel (dim ots fod y garreg yn oer dan ei phen-ôl), a meddwl: Dwi ddim isio mynd o 'ma.

Byth.

Roedd Lerpwl fel petai filoedd o filltiroedd i ffwrdd – ar blaned arall, hyd yn oed. A'i hen fywyd fel chwedl, fel stori oedd wedi digwydd i rywun arall.

A Tony Chow, Francis Yung a Cheng Hu fel ffigyrau mewn ffilm arswyd a welodd flynyddoedd yn ôl.

Clywodd 'plop!' yn dod o ddŵr y Llyn Bach. Craffodd dros yr wyneb ond welai hi ddim byd. Llygoden fawr, efallai, neu bysgodyn. Ceisiodd ddychmygu'r Meirion ifanc yn sgrialu dros y creigiau wrth droed Ynys Tywyn, ei wialen bysgota yn ei law a'i fag dros ei ysgwydd.

Sylweddolodd ei bod yn gwenu. Anodd oedd ei

ddychmygu'n blentyn – er bod ei blentyndod a'i laslencyndod yn ochneidio drosti bob nos wrth iddi gysgu yn ei hen ystafell wely.

Roedd hi'n anos meddwl amdano'n dringo a sgrialu, ond roedd o wedi gwneud y pethau hynny a llawer iawn mwy o bethau tebyg, ddwsinau – gannoedd – o weithiau. Byddai wedi cleisio a chrafu'i bengliniau a'i goesau fel pob plentyn arall. Fel roedd hi ei hun wedi'i wneud, eiliadau cyn taro'i llygaid arno am y tro cyntaf. Cyn iddi agor ei llygaid a'i weld yn syllu i lawr arni gyda phryder a syndod, cyn iddo wenu ei wên araf, betrusgar, swil . . .

Dyna reswm arall – y rheswm pennaf, efallai – pam roedd yn rhaid iddi fynd, meddyliodd oriau yn ddiweddarach, pan oedd diwrnod arall wedi bygwth ei swyno ymhellach a'i themtio i gredu bod y cyfan drosodd a'i bod yn hollol ddiogel.

Meirion a'i wên.

Meirion.

A dim ond dod yma wnes i, meddyliodd, er mwyn cael bod mewn ffilm efo Gregory Peck.

7

Porthmadog

Cawsai hwnnw ei weld un noson yn dod allan o'r Harbour Restaurant.

'You know me, do you, son?' medda fo wrth blentyn lleol a rythodd arno'n gegrwth. Rhwbiodd gorun yr hogyn a chwerthin cyn llamu i ffwrdd i'r nos.

'Wel, pam lai?' meddai ei fam wrth Meirion, pan aeth o adra a deud wrthi. 'Does yna ddim llawar mwy na deng mlynadd ers i'th dad weld Ingrid Bergman ar bont Beddgelart.'

Roedd Gwenllian wedi cadarnhau bod Gregory Peck yn yr ardal yn gwneud ffilm o'r enw *The Most Dangerous Man in the World*. Nant Gwynant oedd y lleoliad, meddai. 'Y Khyber Pass oedd o'r llynadd. Y tro yma, y ffin rhwng Rwsia a Tsieina ydi o i fod. Dychmyga nhw'n trio cael caniatâd i ffilmio yn fan'no!'

Ia, meddyliodd Meirion. *Carry On Up the Khyber*. Roedd ei dad wedi cael cip ar Roy Castle hefyd, yn dod allan o siop Schofield.

'Un da ydi dy dad am weld yr enwogion 'ma,' meddai Gwenllian.

'Duw a'n helpo ni tasa fo'n mynd i fyny i Loch Ness.'

Roedd criw o actorion y ffilmiau 'Carry On' yn aros yn y Goat ym Meddgelert y llynedd – Charles Hawtrey a Joan Sims; Kenneth Williams, hefyd.

Ond, a bod yn deg efo Non, ei chwaer, a oedd yn llawn o'r peth, roedd presenoldeb seren fel Gregory Peck yn dipyn mwy cyffrous nag un Charles Hawtrey druan.

'Yn Portmeirion mae o'n aros, dwi'n siŵr,' meddai Non un

noson. 'Dwi jyst â mynd draw yno. Be ti'n feddwl, Dewi?' meddai wrth Stiffs. 'Mini sgyrt, blows dynn efo dipyn o glîfej ... ti'n meddwl 'sa gin i obaith?' Trawodd winc arno wrth fynd allan o'r ystafell.

Edrychodd Dewi ar Meirion.

'Cau hi.'

'Fi? Ddeudis i ddim byd.'

'Jyst rhag ofn, Mei.'

Ochneidiodd Dewi – y syniad o Non yn y fath ddillad bron yn ormod iddo. Doedd hi ddim yn gyfrinach bellach ei fod o wedi mopio efo hi. Tynnai'r teulu ei choes yn aml.

'Ew, yndartêcar, meddylia,' meddai Gwilym. 'Fydd o byth allan o waith. Ma isio meddwl am betha felly.'

'Dad. *Plis*. Dwi'n trio byta . . .'

Dyhead pry'r gannwyll am seren bell oedd gan y creadur, tybiai Meirion – roedd Dewi Stiffs yn codi'r crîps ar ei chwaer. Roedd Non ei hun wedi dweud hynny wrth Dewi droeon, ond daliai hwnnw i fyw mewn gobaith.

Ddwy flynedd yn hŷn na Meirion a Dewi, bu Non yn gweithio am gyfnod yn y Coparét cyn cael swydd yn ffatri newydd Smith Corona yn gwneud teipiaduron. Hoffai'r Beatles a'r Hollies a Simon and Garfunkel. Yn ôl Dewi Stiffs, roedd hi'r un ffunud ag un o'r merched sipsi rheiny oedd yn reslo ger y goelcerth yn *From Russia with Love*. Roedd yn byw mewn ofn y byddai Non yn dechrau canlyn yn selog â rhyw fastad lwcus na fyddai'n dod yn agos at fod yn haeddu'r fath lwc.

Roedd hi wedi dechrau tynnu arno'n ddiweddar, fel gyda'r geiriau hynny am wisgo sgert fini a blows dynn. Dewisodd Stiffs ddehongli hynny fel arwydd addawol.

'Ddyliat ti ddim, Non,' meddai Meirion wrthi. 'Ma'r boi'n meddwl dy fod ti'n fflyrtio efo fo.'

'Ha! *That'll be the day*, myn uffarn i.'

'Be 'di'r matar efo fo?'

'Lle ti isio i mi ddechra? Mae o'n crîpi, Mei.'

'Fasat ti'm yn meddwl hynny tasat ti'm yn gwbod mai yndartêcar ydi o.'

'O, baswn. Ma'r ffordd mae o'n sbio arna i'n crîpi – fel 'sa fo'n tynnu amdana i yn 'i feddwl.'

Mmm, ia. Ma'n siŵr 'i fod o *yn* gneud hynny, meddyliodd Meirion, o nabod Stiffs.

Fel yr o'n i'n arfar 'i neud efo ffrindia Non, cyn i mi fod yn blydi ffŵl a dangos fy hun o flaen bodan arall.

Roedden nhw'n gwybod yn iawn – Helen a Lisabeth a Pat Clog-y-berth – pam y rhuthrai Meirion i ateb y drws bob tro y byddai un neu fwy ohonyn nhw'n galw yno am Non. Petai wedi gallu codi'i lygaid penwaig oddi ar eu cluniau, yna hwyrach y buasai wedi gweld y gwenau gwybodus a'r edrychiadau direidus a oleuai eu hwynebau.

Roedd Dewi Stiffs yn un talp o genfigen. 'Ti'n meddwl 'sa dy dad a dy fam yn adoptio fi?' gofynnodd.

Ond dechreuodd y genod flino ar dynnu arno ar ôl ychydig. Onid oedd o'n tyfu'n hŷn ac yn cochi llai yn eu cwmni?

'Ma hwn yn rêl hen sglyf bach,' cwynodd Non amdano wrth y bwrdd swpar un noson. 'Mi ddaru Pat 'i ddal o'n sbio i fyny'i sgert hi nithiwr.'

'Meirion . . .!' gwgodd Eirian.

'Anodd ar y diawl peidio gweld i fyny'i sgert hi,' meddai Gwilym. 'Ma gin i hancesi pocad sy'n fwy o betha.'

'Gwilym . . .!' gwgodd Eirian.

'Ma'n ffrindia fi i gyd yn cwyno amdano fo – ma gynnyn nhw ofn dŵad yma. Dach chi'n gwbod 'i fod o'n hofran yng ngwaelod y grisia pan fyddan nhw'n mynd i fyny i'r llofft efo fi? Sglyf.'

Ni allai fod wedi gwadu hynny ag unrhyw onestrwydd. Rhoes y gorau i'w rythu chwyslyd a'i hofran gobeithiol. Ac aeth y genod fesul un gyda'r blynyddoedd – Helen i nyrsio yng Nghaerdydd, Lisabeth i Ffrainc un haf efo'i chyfneither i bigo ffrwythau a phenderfynu aros yno ar ôl cwrdd â hogyn lleol, a Pat Clog-y-berth i fagu llond tŷ o blant ym Mhenrhyndeudraeth.

'Welis i hi bnawn Sadwrn dwytha,' meddai Non yn ddiweddar am Pat. 'Mi ges i draffarth 'i nabod hi, ma hi 'di mynd mor dew. 'Sa chdi'm isio trio sbio i fyny'i sgert hi *rŵan*, Mei,' ychwanegodd.

Clywodd Meirion dinc y tristwch yn ei llais wrth iddi ddweud hyn. Roedd hi'n dal yma, tra oedd ei ffrindiau bore oes wedi mynd. Efallai fod Pat Clog-y-berth wedi magu pwysau, efallai fod y coesau gogoneddus rheiny oedd gynt mor siapus yn codi cywilydd arni'n awr a byth yn cael gweld golau dydd, ond roedd honno'n fodlon ei byd.

Tra oedd Non yn dal i chwilio am *Mr Right*. Nid yn rhy galed, mynnai: doedd hi ddim ar unrhyw frys. Ac yn bendant doedd arni ddim eisiau plant. Nid y hi.

'Dwi 'di gofyn iddi dwn 'im faint o weithia i fynd allan efo fi,' ochneidiai Dewi Stiffs o bryd i'w gilydd. 'Ond ma hi'n rhwbio'i breichia a sbio arna i fel taswn i'n Draciwla neu rywun.'

'Be w't ti'n feddwl o Dewi Stiffs?' gofynnodd Meirion i Gwenllian un noson.

'Dewi? Be ti'n feddwl, 'lly?'

'Ydi o'n codi'r crîps arnach chdi?'

'Be – oherwydd ei waith, ti'n feddwl?'

'Wel naci . . . fel person. Fel boi.'

'Alla i ddim deud 'i fod o,' meddai Gwenllian. 'Pam?'

'Dyna'r effaith mae o'n 'i gael ar Non. Medda hi, beth bynnag.'

'A . . .'

'Be?'

'Dydi Dewi ddim yn edrach arna i fel mae o'n edrach ar Non.'

'A . . . rw't ti wedi sylwi, felly. Fasa hynny'n troi arnach chdi – cael rhyw foi yn sbio fel'na arnach chdi? Fasat ti'm yn meddwl 'i fod o'n . . . wel, yn *flattering*?'

'Debyg iawn 'mod i wedi sylwi,' atebodd Gwenllian. 'Ty'd â'r llyfra 'na yma os w't ti wedi gorffan efo nhw, dwi'n hwyr fel ma hi.' Doedd drysau'r llyfrgell ddim yn addas ar gyfer cadair olwyn Meirion, felly dibynnai ar Gwenllian am ei lyfrau. Yn ddiarwybod iddo, nodai hi mewn llyfr pa deitlau roedd o wedi'u darllen.

Daliai Dewi Stiffs i dynnu coes Meirion. 'Dwi'n deud wrthach chdi, ma Gwenllian yn dy ffansïo di. Saff i chdi.'

'Biti 'i bod hi'n gymint o dreipan, yndê, Mei?' meddai Non amdani.

'Dydi hi ddim. Ti'm yn 'i nabod hi.'

'Dwi'n 'i chofio hi yn 'rysgol, dydw? A doedd hi byth yn cael dŵad allan i chwara pan oeddan ni'n blant.'

Cawsai Gwenllian ei magu yn yr un stryd â nhw. Roedd Berwyn a Cêti bron yn ganol oed pan gafon nhw hi, fwy neu lai wedi rhoi'r ffidil yn y to ynglŷn â chael plentyn. Tueddent i'w chadw gartref wedi'i lapio mewn wadin, bron fel tasa arnyn nhw ofn iddi ddiflannu. Fel tasa hi'n un o blant y tylwyth teg, wedi'i rhoi ar fenthyg iddyn nhw dros dro. Un swil oedd hi o ganlyniad, yn mwmblan 'helô' i gyfeiriad y pafin drwy gydol ei phlentyndod. Roedd Gwilym yn argyhoeddedig y byddai Gwenllian yn mynd yn hollol wyllt ar ôl gadael am y coleg. 'Mi ddaw hi adra wedi troi'n un o'r bîtnics 'ma, gwatshwch chi be dwi'n ddeud.'

Na – nid Gwenllian. Ond roedd wedi llwyddo i golli cryn dipyn o'i swildod yno, fel un o'r myfyrwyr cyntaf yng ngholeg y llyfrgellwyr yn Aberystwyth. Daeth yn ei hôl adref i'r Port a chael swydd fel llyfrgellydd y dref ar ymddeoliad Herbert Huws – hwnnw wedi torri'i galon pan gafodd yr hen Neuadd y Dref urddasol, cartref y llyfrgell ar y pryd, ei dymchwel. 'Pam, dyn a ŵyr,' ochneidiai Eirian yn aml. 'Ma'r Cyngor 'ma sgynnon ni fel tasan nhw'n benderfynol o ddifetha'r lle 'ma' – heb fawr ddychmygu ar y pryd fod gwaeth i ddod pan roddodd y Cyngor ganiatâd i haid o

Philistiaid adeiladu'r fflatiau mwyaf erchyll a welwyd erioed ar ochr yr harbwr.

Yn y dyddiau pan oedd Meirion yn yr ysbyty, deuai Gwenllian i edrych amdano'n selog bob yn ail Sadwrn yn ei char Mini bach gwyn â sticer 'Tafod y Ddraig' ar ei ffenest ôl. Byddai ganddi lond bag o lyfrau iddo yn ddi-ffael.

'Mi fasa croeso iddi ddŵad efo ni ar ddydd Sul,' meddai Eirian, 'ond ma hi'n gneud diwrnod ohoni, medda hi – yn galw i weld rhyw hogan oedd yn y coleg efo hi.'

'Biti,' meddai Gwilym. 'Mi fasa hi'n gwmpeini i Non.'

'Mmmm . . .' meddai Non.

Ac meddai Dewi Stiffs, 'Ma hi'n dy ffansïo di, Mei, saff i chdi.'

Anghytunai Non. 'Hen ferch fydd hi. Mi gafodd ei geni'n hen ferch. Mi fetia i di fod y nyrs wedi deud wrth Cêti, "Llongyfarchiada, ma gynnoch chi hen ferch fach." '

Ond yn ôl Dewi Stiffs, 'Y rhei tawal, swil yma ydi'r rhei poetha, dwi'n deud wrthach chdi. Rho di dy law i lawr blaen 'i nicyrs hi, ac mi fydd o fel rhoi siwgwr lwmp i ebol bach barus.'

'Teimlo'n saff efo fi ma hi,' meddai Meirion. 'Ma hi'n gwbod y bydd hi'n saff efo rwbath fel fi, yn dydi?'

Yn yr ysbyty yr oedd y sgwrs yma wedi digwydd. Camgymeriad. Roedd y ffenest ar agor a throdd Dewi ati, fel petai am ei luchio'i hun allan drwyddi: roedd ystafell Meirion ar lawr reit uchel. Yna trodd Dewi'n ôl, a'i wyneb yn wyn.

'Ffyc off, cwd,' meddai. 'Jyst . . . ffyc off.'

Mae ei lygaid yn wlyb, sylwodd Meirion gyda braw.

'Blydi hel, Stiffs, 'mond deud ydw i . . .'

'Oes 'na rywun wedi *deud* wrthach chdi 'i bod hi'n amen arnach chdi? 'Sna un o'r doctoriaid 'ma wedi deud hynny? Oes 'na?'

'Nagoes . . .'

'Chdi sy 'di'i gael o i dy ben felly, yndê? Y . . .?'

'Dwi'm yn teimlo dim byd yna, Stiffs! Ocê?'

'Nagw't, siŵr Dduw. Ddim rŵan. Ond mi *wnei* di, yn gwnei?'

'Dwi'm yn gwbod, yn nacdw!'

Roedd Meirion hefyd yn gweiddi rŵan, ei lais yn crynu a'i geg yn troi'n gam, a lwmp yn chwyddo'r tu mewn i'w wddf.

'Sud ffwc dwi i fod i wbod? 'Runig beth dwi *yn* 'i wbod ydi 'mod i'n methu cael min, ocê? Iawn? Felly dwi'n dda i ffwc ôl i 'run fodan, yn nacdw?!'

'Ond does 'na neb wedi *deud* hynny wrthat ti?'

'Sdim rhaid iddyn nhw, yn nagoes? Dwi'n gwbod.'

Clywodd sgrech y tu allan i'r ffenest. Trodd i wylio dwy wylan yn ffraeo wrth wibio heibio.

'Dwi'n gwbod,' meddai eto.

Throdd o ddim pan glywodd o'r drws yn agor a chau.

Fel arfer, roedd y nyrsys yn gorfod hel Dewi Stiffs o'r ystafell ac o'r ysbyty, ond nid heno.

Daeth y gwylanod heibio unwaith eto, cyn mynd go iawn. Syllodd Meirion allan drwy'r ffenest nes i'r awyr droi'n binc ac yna'n ddu.

8

Ysbyty Walton, Lerpwl

Ymddiheurodd y ddau'r tro nesaf y gwelson nhw ei gilydd. Aethai wythnosau heibio, a'r wythnosau rheiny wedi troi'n fis, a'r mis hwnnw oedd mis Mai. Mis Cwpan pêl-droed yr FA – Spurs a Chelsea'r flwyddyn honno, y tro cyntaf i ddau dîm o Lundain wynebu'i gilydd yn y ffeinal. Cyfeiriai'r cyfryngau ati fel y 'Cockney Cup'.

Cyrhaeddodd Dewi'r ysbyty yn fuan ac yn annisgwyl ar y bore Sadwrn. Cafodd ganiatâd i aros efo Meirion tan ar ôl y gêm, ac i'w gwylio efo fo yn yr ystafell deledu.

'Sut wnest ti wanglo hynna?'

'Tshârm, yndê.'

Gallai Dewi fod wedi aros gartref efo'i draed i fyny o flaen ei deledu'i hun. Yn hytrach, roedd wedi gyrru'r holl ffordd i Lerpwl er mwyn rhannu'r diwrnod efo'i fêt.

Roedd Meirion yn falch fod Dewi y tu ôl iddo, yn ei wthio mewn cadair olwyn am yr ystafell deledu, fel na fedrai weld ei lygaid yn llenwi'n sydyn. Cliriodd ei wddf.

'Gwranda . . . sorri am . . . ysti, y tro dwytha . . .'

'A finna. Reit – 'ma hi'r rŵm, ia?'

Roedd yr ystafell yn llawn o'r cloff a'r claf. Eisteddodd Dewi ar gadair blastig goch yn erbyn y pared, ar ôl parcio Meirion ym mhen y rhes flaen. Y drws nesaf iddo roedd dynes mewn gwth o oedran a chrys pêl-droed glas dros ei choban, a sgarff las a gwyn anferth wedi'i weindio fel anaconda am ei gwddf.

Pwniodd y ddynes Meirion yn ei fraich gyda phenelin esgyrnog a phoenus – y gyntaf o sawl pwniad oedd o'i flaen yn ystod yr awr a hanner nesaf – a gwenodd arno gyda llond ceg o ddannedd gosod.

'That Peter Bonetti,' meddai am gôl-geidwad Chelsea. 'He's a nice lad.'

Nodiodd Meirion. 'The Cat.'

Diflannodd y dannedd gosod a gwgodd y ddynes arno. '*What* did you call him?'

'Cat – *Cat*. His nickname.'

'He's a nice lad.'

'Yes.'

'And they call him "The Cat", you know.'

O'r arglwydd . . .

'Do they?'

''Cause he leaps for the ball. He springs for it, like a cat. You ever seen a cat springing after a bird?'

'Yes.'

'Or a mouse?'

'Yes!'

Clywodd besychiad yn dod o gyfeiriad y pared. Stiffs yn mygu chwerthin, gwelodd o gornel ei lygad.

Teimlai braidd yn benysgafn. Y gwahanol gyffuriau a wibiai drwy'i system, tybiodd. Ac roedd yr ystafell yn glòs.

Dechreuodd y gêm.

Pwniad.

'Chelsea are going to win today.'

'Really?'

'Oh, yes. I can feel it in me water.'

'Good.'

Bum munud yn ddiweddarach, a phwniad arall.

'Who's that?'

'Who?'

'Them chaps in white.'

Trodd Meirion ac edrych arni.

'Tottenham Hotspur.'

'Who?'

'Spurs – the other team.'

'Oh . . .' Yna: 'It's not really white, you know.'

Ffor ffyc's sêc . . .

'What isn't?'

'Them clothes they've got on. Probably yellow. Like that chap in the washing powder advert – says it's white but it's really yellow but no one can tell 'cause the picture's in black and white.'

'I think you'll find they really are playing in white.'

'You think so?'

'Oh yes. That's Spurs' colour, you see – white.'

'How do you know?'

'What?'

'Could be yellow as far as you know. Probably is.'

Diolch i'r drefn, fe ddechreuodd hi bendwmpian ar ôl ychydig. Deffrodd gyda naid pan sgoriodd Jimmy Robertson bum munud cyn yr egwyl.

'What . . .?'

'Spurs have scored. One nil.'

'Them yellow chaps?'

Ochneidiodd Meirion. 'Yes.'

Nodiodd yn feddylgar. Yna trodd ato â gwên lydan.

'Can we go now?'

Trafod y gêm wedyn – Spurs 2, Chelsea 1 – dros baned 'nôl yn ystafell Meirion. Ei dadansoddi, a phenderfynu nad oedd yn gêm arbennig iawn, gydag unig gôl Chelsea gan Bobby Tambling bum munud cyn y diwedd yn dod yn rhy hwyr i greu unrhyw densiwn. Arhosodd Dewi am hanner awr reit dda cyn cychwyn yn ei ôl am adra.

Wedi i Dewi fynd, meddyliodd Meirion: Wnaethon ni ddim trafod bodins trwy'r dydd. Ddim o gwbwl. Dim byd ond ffwtbol.

Od ar y diawl.

Trafod rhwbath ro'n i'n arfar 'i neud cyn y ddamwain,

rhwbath oedd yn rhoid plesar di-ben-draw i mi ac rydw i'n mwynhau siarad amdano fo o hyd a'i wylio fo, er na fydda i byth yn gallu'i *neud* o eto.

Ond osgoi unrhyw sôn am rwbath na ches i mohono fo erioed.

9

Yn raddol, yn ofalus, fel dau ddyn yn dod i lawr llethr gwlyb, llithrasant yn ôl i'w hen ffordd o siarad. Ymdrechai Meirion i fod yn goeglyd, yn ffug-sarrug, ynglŷn â'i gyflwr: nid drwy ei drin fel jôc, ond yn hytrach gyda chryn dipyn o gellwair y crocbren. Er i Dewi wgu arno ambell dro, roedd hynny'n fwy derbyniol ganddo na'r hen hunandosturi negyddol.

'Ma'r ysfa'n dal yna, Stiffs,' eglurodd un diwrnod. 'Cyn gryfad ag erioed weithia. Tria *di* orwadd yma'n meddwl am betha fel tîm ffwtbol Port wrth gael dy olchi gin rhei o'r nyrsys 'ma. Dwi jyst ddim yn gallu gneud dim byd amdano fo.'

'Gwella 'neith hynny, 'sti.'

'Dwn 'im. Ar y fomant dwi'n llipa fel cadach llestri.'

'Ddim hyd yn oed amball i dwitsh bach?'

'Dim byd gwerth sôn amdano fo, yndê.'

'O, mi wellith petha. Dwi'n deud wrthach chdi.'

Roedd siarad fel hyn efo Dewi *yn* helpu, sylweddolodd ar ôl ychydig. Ond Duw a ŵyr, roedd o wedi gwneud ei siâr o grio cyn hynny. Crio dros bopeth roedd o wedi'i golli, a thros bopeth arall yr ofnai na fyddai byth yn cael y cyfle i'w brofi.

Ceisiodd gyfyngu'r crio i oriau'r nos, ond roedd y nyrsys yn gwybod, wrth gwrs. Yn enwedig Janet, hogan lond ei chroen a rêl Sgowsar. Siaradai fwy efo hi na'r un o'r lleill. Wel, anodd fasa *peidio* â siarad efo Janet, roedd hi mor fyrlymus. Soniodd wrtho am fynd i wrando ar y Beatles a'r Searchers a Gerry and the Pacemakers yn y Cavern pan oedd hi'n iau. Roedd ei chyfneither yn arfer byw yn yr un stryd â Paul McCartney. Hoffai frolio hefyd fel y bu'i brawd-yng-nghyfraith yn canu'r gitâr efo Rory Storm and the Hurricanes pan oedd Ringo Starr yn drymio iddyn nhw. 'He was just plain old Richie to us, then – to us girls. None of us really liked him all that much. Always farting, he was, thought that was hilarious. Pig. Then he became Ringo, and quite a few of me friends changed their minds about him, farts and all. Not me, though. Don't care how much money he's got now, a man who farts in front of women is still a pig.'

Edrychai hi arno weithiau pan fyddai ei lygaid yn goch a chwyddedig, pan fyddai ei wddf yn llosgi'n sych, pan fyddai wedi gweddïo am gael cysgu, cysgu, cysgu ac am gael peidio â deffro fore trannoeth, a gwyddai'n syth ei fod wedi cael noson arall o uffern unig. Gallai Meirion weld hynny'n glir ar ei hwyneb, a dyna'r adegau pan fyddai'n ei chasáu â chas perffaith, pan fyddai'n gorfod brwydro rhag sgrechian arni hi a'r nyrsys eraill, 'FUCK OFF YOU SAXON BITCHES. FUCK OFF AND LEAVE ME ALONE!'

Ond weithiau byddai'r dagrau'n drech na fo. 'Dwi isio Mam . . .', fe'i clywai'i hun yn ebychu. 'Dwi isio Mam.' A phan ddeuai Eirian, lapiai ei freichiau am ei chanol a chuddio'i wyneb yn ei bol, ei bol annwyl a chyfarwydd yn ogleuo o Adra, a chrio nes ei fod yn sych ac yn brifo o'i gorun i'w ganol. Dyddiau anodd – anodd iddo fo, ia, ond anodd hefyd i Gwilym a Non, a fyddai'n cael eu halltudio i'r coridor nes bod Eirian yn dod allan i'w nôl nhw. I mewn â nhw ato wedyn, yr un ohonyn nhw'n gwybod yn iawn i ble'n union i sbio nes i bethau ddechrau setlo. Gwilym yn mynd dros ben llestri wrth wneud hen sylwadau gwirion a gor-henffasiwn. Rhai cwrs hefyd weithiau – unrhyw beth i setlo rhywfaint ar awyrgylch yr ystafell uffernol yma, efo'i unig fab yn hanner-eistedd, hanner-gorwedd yn y gwely efo rhyw blydi mashîn neu'i gilydd yn sownd iddo fo nes bod Gwilym eisiau cydio yn y cythral bach gwirion a'i lusgo fo allan o'i wely a gweiddi arno fo i gerddad. 'Cerdda! Cerdda'r diawl bach, neu myn uffarn i, mi gicia i dy din di o fan'ma i Ben Llŷn ac yn ôl!'

Eistedd yn bwdlyd, bron, a wnâi Non – yn gwrthod ag

edrych ar y ffigwr hanner-dieithr, hanner-cyfarwydd yn y gwely, ond yn ymdrechu'n ddistaw bach i'w pherswadio'i hun mai hwn oedd y niwsans a arferai ymguddio o dan ei gwely a'i dychryn drwy gydio yn ei fferau, neu neidio allan o'r wardrob pan fyddai Non yn agor y drws nes byddai'n sgrechian dros y tŷ. Mai hwn oedd y poen a fynnai wylio rhyw blydi cowbois neu gomandos ar y teledu pan fyddai arni hi eisiau *Emergency Ward 10* neu *Double Your Money*. Mai hwn oedd y sglyfath bach a wnâi ei orau glas i edrych i fyny sgertiau ei ffrindiau.

Oedd, roedd o yno yn rhywle y tu mewn i'r hogyn hwn a edrychai arni drwy lygaid cochion a chwyddedig, ac a sibrydai 'Sorri' wrthi am fod arno angen ychydig o funudau ar ei ben ei hun efo'i fam. Teimlai Non fel ei ysgwyd a gweiddi arno: *Plis* ty'd yn ôl, Mei; ty'd adra i fy nychryn i eto. Gei di watsiad hynny rw't ti isio ar *Cheyenne* a *Laramie* a *Combat* a *Gilligan's Island*, ac mi ofala i fod fy ffrindia i gyd yn dŵad acw yn eu sgerti mwya cwta, jyst er dy fwyn di. Jyst cyn bellad â dy fod yn dŵad yn ôl ata i. Yn ôl adra.

Ac am Eirian . . . Sut mae dechrau disgrifio poen mam? Doedd y boen a brofasai wrth ei eni'n ddim wrth ymyl hyn. Wrth syllu i lawr ar y pen nyth brân a wthiai yn erbyn ei bol, fe'i ffieiddiodd ei hun am feddwl: Be wnes i i haeddu hyn? Does yna ddim byd arbennig amdana i. Hogan ddigon cyffredin a dyfodd i fod yn ddynas ddigon cyffredin – dim byd mwy na hynny, dim byd llai. Mae yna gannoedd o Eirianiaid yn y wlad yma: rydan ni i'n cael ym mhob tref, pob pentref, pob stryd. Y ni sy'n cadw dy gapeli di'n lân, y ni sy'n llenwi'r jygiau efo blodau a phlanhigion bob Diolchgarwch, a ni sy'n paratoi'r te a'r bara brith pan fydd angen lluniaeth yn dy festris bob hyn a hyn. Rydan ni'r Eirianiaid i'n gweld yn gweithio mewn swyddi bychain, dros dro neu ran amser mewn siopau esgidiau, siopau dillad, siopau anrhegion yn ystod yr haf, ac yn gweinyddu mewn caffis sydd ar gau rhwng Medi ac Ebrill. Y ni sy'n magu'n plant a byw a marw heb hawlio fawr o sylw nac o ddiolch. Pam, felly, wyt ti'n pigo arna *i*?

Be wnes *i* erioed?

Dim ond wedyn, ar ôl mynd adref a chael pum munud iddi'i hun yn yr ystafell ymolchi neu yn ei llofft, y byddai'n caniatáu iddi'i hun grio, gan dynnu'r flows neu'r siwmper roedd hi wedi'i gwisgo i'r ysbyty a'i dal yn erbyn ei hwyneb er mwyn mygu sŵn ei chrio, ac i'w dagrau lifo dros olion dagrau ei phlentyn.

A cheisio anghofio'i bod wedi gofyn i'r duw nad oedd yn siŵr iawn a oedd hi'n credu ynddo bellach: *Pam fi?*

10

Grisiau'r Môr, Porthmadog
Hydref 1968

'Roeddan ni'n arfar nofio yma, yn yr ha.'

Gwelodd hi'n rhythu ar y mẁd a'r gwymon.

'Pan fydda'r llanw i mewn,' ychwanegodd, a gwenu ar Mei Ling. 'Pur anaml byddwn i'n ddigon dewr i ddeifio oddi ar y bont' – pwyntiodd at ben arall yr harbwr – 'fel roedd rhei o'r hogia hŷn yn leicio'i neud.'

Chwarddodd un chwerthiniad bach chwerw. 'Ofn brifo . . .'

Dangos eu hunain roeddan nhw, meddyliodd. Rhyw hen orchast wirion. Syllodd i lawr ar y grisiau llithrig am ychydig. Roedd y llanw allan a'r cychod yn hanner gorwedd yn feddw, flêr. Pigai pioden fôr yn ddiwyd yn y mẁd.

'Wyt ti'n gallu nofio?' gofynnodd iddi.

Cododd ei hysgwyddau a throi'i thrwyn yr un pryd: dim llawer, ddim yn dda iawn. 'Hanner dysgu yn yr ysgol,' meddai.

'Be – oedd gynnoch chi bwll nofio? Yn yr ysgol?'

Na, eglurodd, pwll cymunedol oedd o. Doedd o ddim yn un mawr ond edrychai'n anferth iddi hi, efo muriau gwydr a phlastig wedi stemio drostynt, a'r murmur lleiaf o siarad yn adleisio'n uchel. Roedd y dŵr yn wyrdd, nid yn las fel dŵr pyllau nofio mewn ffilmiau, ac roedd o wastad un ai'n rhy gynnes neu'n rhy oer. Roedd yna wastad ddarnau o blastar Elastoplast yn troi a throsi'n ddiog ar ei waelod.

'Dim ond yn ystod y gaea oeddan ni'n cael 'i ddefnyddio fo – cerddad yno o'r ysgol.'

Ac yn ôl wedyn – un crocodeil hir o blant efo'u gwalltiau'n dal yn wlyb ac yn parablu bymtheg y dwsin, meddyliodd

Meirion. Unwaith eto, dyheai am weld llun ohoni'n blentyn. Am ryw reswm dychmygai hi'n gwenu yn y llun, a'i dannedd plentyn un ai'n gam neu'n tyfu ar draws ei gilydd, a hynny'n ychwanegu at sirioldeb ei gwên.

Pryd gwenodd hi fel'na ddiwethaf, tybed? Roedd hi'n eistedd rŵan ar ochr wal yr harbwr, ei chorun ar yr un lefel ag olwyn chwith ei gadair. Gwyliodd awel fechan yn cribo'i gwallt cwta, tywyll. Rhoddai'r byd am gael gwyro a rhedeg ei wefusau drosto a thrwyddo. Er na fedrai weld ei hwyneb yn iawn, gwyddai nad oedd hi'n gwenu rŵan. Roedd hi'n bell yn rhywle arall, wedi'i adael eto – rhywbeth a ddigwyddai'n fwy a mwy aml wrth i'w hamser nhw garlamu i ffwrdd oddi wrtho.

Ma 'na gymaint dwi isio'i wbod amdani, meddyliodd. A dwi isio deud bob dim wrthi hi. Bob dim sy wedi digwydd i mi erioed, fy holl fywyd. A dwi'n trio gneud hynny – yn trio 'ngora glas – a dwi'n gwbod fy mod i weithia'n deud gormod o beth uffarn, ac na wnaiff hi byth gofio'i hannar o, os hynny. Yr holl betha ro'n i'n arfar eu gneud pan o'n i'n blentyn, pan o'n i'n hogyn ifanc, cyn dyddia'r gadair felltith 'ma.

'Yma ddysgis i bysgota 'fyd,' meddai wrth y corun bach du. 'Am grancod, efo un o'r leins pysgota oren rheiny a chig cragan las ar y bachyn . . .'

Ond doedd hi ddim yn gwrando. Doedd hi ddim hyd yn oed yn ei glywed.

Roedd hi wedi mynd eto.

Hebddo fo.

Lerpwl

Yn ôl i'r pwll nofio swnllyd hwnnw, a'r tro cyntaf iddi sylwi go iawn ar Tony Chow. Anodd oedd peidio, roedd o'n cadw digon o dwrw i ddeffro'r meirw. Faint oedd ei hoed hi? Deuddeg? Tair ar ddeg, efallai? Ac yntau yr un oed â hi, yn yr un dosbarth, ac yn sicr yn llawer iawn rhy hen i grio a nadu fel yna. Ac o flaen pawb arall, hefyd.

'Be ydi'r matar efo fo?' gofynnodd i Wen.

Roedd Wen, cofiai, yn eistedd ar ochr y pwll ac yn trio edrych fel un o'r *glamour girls* a welsai mewn cylchgrawn, efo'i choes dde wedi'i chroesi dros ei choes chwith, ei chefn yn hollol syth a'i gên yn pwyntio i fyny at y nenfwd.

'Dydi o ddim yn leicio'r dŵr. Aeth i mewn dros ei ben, a phanicio. Babi swci.'

Edrychodd Mei Ling dros y pwll at y fan lle roedd Tony Chow yn cael ei gysuro gan un o'r athrawon. Hogyn newydd i'r ysgol oedd o, a doedd o ddim yn boblogaidd iawn. Cawsai ei eni yn Hong Kong, ac roedd o wedi byw ym Mharis a Berlin, meddai wrth bawb, ac yna yn Llundain cyn dod i Lerpwl. Ond doedd neb yn ei goelio. Roedd o'n newid ei stori drwy'r amser a byth yn cofio beth roedd o eisoes wedi'i ddweud. Meddyliai Wen fod rhywbeth slei yn ei gylch – 'Ma ganddo fo hen ffordd annifyr o sbio arnat ti o gornel 'i lygid, fel tasa fo'n trio penderfynu be i'w ddwyn,' meddai.

'Mae o'n dena . . .' meddai Mei Ling.

'Be? O . . . ydi. Yn hyll o dena,' meddai Wen, heb fawr o ddiddordeb.

Na – eiddil ydi'r gair, meddyliodd Mei Ling wrth syllu arno'n crio a chrynu yn ei wisg nofio fach goch. Roedd yr athrawes yn prysur golli'i hamynedd efo fo, ac yn cael trafferth i dewi'r nadwr hwn a chadw golwg ar bawb arall ar yr un pryd. Gwelodd fod ganddo gleisiau mawrion ar ei freichiau a'i goesau a'i gefn. Trodd Mei Ling i ffwrdd pan gododd Tony Chow ei ben a'i weld yn edrych arno.

Flynyddoedd yn ddiweddarach, roedd wedi dweud wrthi: 'Ro'n i'n meddwl 'mod i'n boddi y dwrnod hwnnw, a phawb yn chwerthin am 'y mhen i. Pawb ond y chdi, Mei Ling. Chdi oedd yr unig un i edrach arna i fel tasat ti'n teimlo drosta i.'

Efallai 'mod i, meddyliodd Mei Ling ar y pryd. Dwi ddim yn gallu cofio. Roedd y cleisiau hyll rheiny ar ei gorff bach tenau o wedi fy nychryn, dwi'n gwybod hynny. Ond roedd ei grio fo'n mynd ar fy nerfau innau hefyd.

'Dwi ddim yn leicio nofio ers y diwrnod hwnnw,' meddai Tony Chow.

'Dydi o ddim yn or-hoff o ddŵr, ffwl stop, os ti'n gofyn i mi,' oedd barn Li Chen Gao. 'Yn sicr, dydi o ddim wedi cyflwyno'r hen gôt afiach 'na sy gynno fo i unrhyw bowdwr golchi.'

Cyfeirio roedd ei thaid at gôt laes Affgan a wisgai Tony Chow i bobman.

'Dwi ddim yn dallt be rwyt ti'n ei weld ynddo fo,' meddai Wen.

'Teimlo drosto fo ydw i,' meddai Mei Ling.

'Dwi'n teimlo dros y ci drws nesa,' atebodd Wen, 'ond dydi hynny ddim yn golygu 'mod i isio mynd allan efo fo.'

'Dwi ddim *yn* mynd allan efo fo. Ddim . . . ddim fel'na.'

'Mae *o*'n meddwl dy fod di. A phawb arall hefyd,' ychwanegodd Wen. Awgrymai ei llais a'i hwyneb fod 'pawb arall' yn bell o fod yn hapus ynglŷn â'r peth.

Ni allai gofio sut y dechreuodd pethau. Doedd hi ddim wedi meddwl am Tony Chow ers ei dyddiau ysgol. Un bore, yn gynnar yn y gwanwyn, daeth i mewn i'r siop. Safodd yno'n gwenu arni. 'Dw't ti ddim yn fy nghofio i, yn nagw't?'

Nagoedd, doedd hi ddim. Roedd ei wallt yn hir, bron at ei ysgwyddau, ac wrth gwrs gwisgai'r hen gôt Affgan laes honno.

'Dwi wedi bod i ffwrdd,' meddai wrthi, 'ond dwi'n ôl rŵan.' Edrychodd o gwmpas y siop ac ochneidio'n hapus. 'Ma'n dda gweld fod rhai pethau byth yn newid.'

Ysgydwodd Mei Ling ei phen. 'Sorri . . .'

'Anthony Chow . . .?'

'Pwy?'

'Ro'n i yn yr ysgol efo chdi, Mei Ling.'

'O . . .?' Ac yna sylweddolodd. 'O!'

Chwarddodd Tony Chow. 'Dwi wedi bod i ffwrdd,' meddai.

'Ia, roeddat ti'n deud.'

Doedd ganddi fawr o ddiddordeb lle roedd o wedi bod, a dweud y gwir. Ond trawodd Tony Chow ochr ei drwyn â blaen ei fys fel petai hi wedi'i holi. Daeth Li Chen Gao o gefn y siop a gwgu arno.

'Pwy oedd y sbesimen yna?' gofynnodd i Mei Ling, wedi i Tony fynd.

'Rhywun oedd yn yr ysgol yr un pryd â mi.'

'Brynodd o unrhyw beth?'

'Naddo, erbyn meddwl.'

'Be oedd o 'i isio yma, felly?'

'Dwn 'im. Galw i mewn i ddeud helô, ma'n siŵr.'

'Dwi ddim isio rhyw bethau fel'na'n loetran o gwmpas y lle 'ma, Mei Ling.'

'Pethau fel be, Taid?'

'Un o'r hipis 'ma ydi o, yntê.'

'Dwi ddim yn gwbod. Prin dwi'n ei nabod o.'

'Welist ti'r ffordd roedd o wedi'i wisgo? Dwi wedi gweld pethau mwy trwsiadus, mwy parchus eu golwg, yn sefyll ar bolion mewn caeau yn codi ofn ar frain.'

Chwarddodd Mei Ling. Ond sylweddolodd fod ei thaid o ddifrif. Wedi cymryd yn erbyn Tony Chow o'r eiliad cyntaf iddo daro llygad arno. Oedd hynny, tybed, yn un rheswm pam y gadawodd hi i bethau fynd mor bell?

Dechreuodd ei thaid – a wna i byth faddau i mi fy hun am hyn, meddyliodd droeon ar ôl iddo farw – fynd ar ei nerfau â'i rwgnach diddiwedd am yr hyn a ystyriai'n ddirywiad cymdeithas.

Cerddoriaeth bop oedd un symptom o hyn. Yn enwedig y Beatles. Wrth gwrs, doedd Li Chen Gao ddim yn unigryw yn hyn o beth: roedd miloedd ar filoedd o bobol ledled y byd yn teimlo fod cwymp gwareiddiad wedi cyrraedd yr un pryd â 'Love Me Do'. Oedd raid i'w thaid fod yn gymaint o ystrydeb? Ond roedd Li Chen Gao yn gwirioneddol fethu deall pam fod y pedwar *sei gweilo* (ysbrydion gwyn, melltigedig) yma'n cael eu trin fel duwiau gan bobol ifainc Lerpwl, gan gynnwys pobol ifainc y gymuned yn ardal Duke Street – gan gynnwys ei wyres ef ei hun.

'Ar hwnna mae'r bai am hyn, yntê?' meddai Li Chen Gao ar ôl iddo fo a Mei Ling ffraeo eto fyth am rywbeth neu'i gilydd.

'Pwy?'

'Y bwgan brain anghynnes hwnnw fuodd yma.'

'Tony Chow dach chi'n ei feddwl?'

'Tony Chow!' Daeth Li Chen Gao yn agos at boeri. 'Mae hyd yn oed ei enw fo'n . . . yn . . .' Methodd feddwl am ansoddair digon dilornus.

'Arno fo ma'r bai am *be*, Taid?'

'Rwyt ti wedi newid, Mei Ling. Mae arna i ofn meddwl be ddaw ohonot ti.'

'Taid, dwi ddim wedi gweld Tony Chow ers y diwrnod hwnnw.'

Dwi ddim yn cael y cyfle i weld *neb*, meddyliodd yn chwerw. Hyd yn oed Wen. Tydach chi'n fy nghadw i yn y siop 'ma tan berfeddion bob nos? Dwi'n ddim byd mwy na sgifi i chi. Pam na wnewch chi orffen y job a rhwymo 'nhraed i?

Ddywedodd hi mo hyn yn uchel: buasai'n ddigon am ei thaid. Ond penderfynodd ymddwyn yn gleniach tuag at Tony Chow y tro nesaf y byddai'n galw yn y siop.

Yn enwedig os byddai ei thaid yno.

11

Dim ond wedyn, ar ôl iddo farw, y sylweddolodd Mei Ling fod yr oes fodern wedi codi ofn ar ei thaid. Roedd pethau wedi symud mor gyflym ers dechrau'r chwedegau, mor uffernol o gyflym. Ac wedi dirywio'n gyflym hefyd, yn ei dyb ef. Roedd yr hen werthoedd, fel parch at hynafiaid, yn diflannu dan ei drwyn; doedd y genhedlaeth newydd, bowld hon ddim eisiau gwybod am yr hen draddodiadau.

Teimlad Mei Ling ar y pryd oedd fod hen draddodiadau ei thaid yn tsiampion yn eu lle – ond mai lle'r rhan fwyaf ohonyn nhw oedd Tsieina.

Yn enwedig y 'traddodiad', fel y mynnai Li Chen Gao ei alw, o dalu arian bob mis i'r Triads.

'Ond be ydan ni'n ei gael yn ôl?'

'Mae'n helpu'r gymuned.'

'Sut?'

Ysgwyd ei ben yn swta, ddiamynedd a wnâi ei thaid. Doedd o ddim am wastraffu'i amser yn trafod pethau fel hyn efo rhyw hogan wirion, meddai'r ysgydwad pen. Nid lle merched oedd eu trafod nhw o gwbl.

'Na, dowch. Mi faswn i'n leicio gwbod. Achos yr unig wahaniaeth *dwi*'n ei weld yn y gymuned ydi fod car newydd arall gan Cheng Hu. A bod y thygs sy'n gweithio iddo fo'n gwisgo siwtiau newydd.'

Francis Yung oedd yn galw am yr arian bob mis. Dyn tawel, cwrtais; dyn parchus . . .

'*Parchus*? Sut gall un o'r rheina fod yn *barchus*?'

'Rho fo i sefyll wrth ymyl y bwgan brain, a bydd yr ateb i'w weld yn glir.'

Roedd Tony Chow wedi dechrau galw i weld Mei Ling yn amlach o lawer erbyn hynny. Siaradai am fynd i India, fel roedd y Beatles, Mia Farrow, Donovan ac un o'r Beach Boys newydd ei wneud, i weld y Maharishi Mahesh Yogi.

'Ty'd efo fi.'

'I be?'

'I gael gwella dy enaid.'

Ysgwyd ei phen a wnaeth Mei Ling. Roedd Tony Chow wedi dechrau mynd ar ei nerfau go iawn erbyn hynny. Ers iddo ofyn iddi am gael benthyg pres rai wythnosau ynghynt. Am yr ail dro. 'Mi gei di fo'n ôl. Bob ceiniog – a mwy.'

'Sut?'

Giglodd – rhyw hen gigl uchel, fain oedd hefyd yn mynd ar nerfau Mei Ling – a tharo ochr ei drwyn â blaen ei fys.

'Dwyt ti ddim wedi talu'r arian cynta'n ôl i mi eto.'

'Mi gei di hwnnw hefyd, Mei Ling.'

Gwrthododd roi rhagor o bres iddo. Soniodd am hyn wrth Wen. 'Gamblo mae o, Mei Ling. Mae'n byw ac yn bod yng nghasino a chlybiau Cheng Hu.'

Rhythodd Mei Ling arni.

'O, Mei Ling – doeddat ti ddim yn *gwbod*?'

'Roedd o'n sôn y diwrnod o'r blaen am fynd i India . . .'

Edrychodd Wen arni fel tasa hi'n teimlo drosti'n ofnadwy. Y tro nesaf i Mei Ling weld Tony, ceisiodd ddychmygu'r Francis Yung trwsiadus, tawel yn sefyll wrth ei ochr.

'Sgin ti waed ar dy ddwylo, Tony Chow?' Giglodd yntau.

Roedd hi'n bwrw'r diwrnod hwnnw, ac ogleuai ei gôt fel hen gi aflan. Ar y radio, cyhoeddwyd bod Martin Luther King wedi'i saethu'n farw ar falconi ei westy yn America. Aeth ei thaid o ddrwg i waeth wedi hynny – byth bron yn dod i lawr i'r siop o'r fflat uwchben. Doedd y ddau beth ddim yn gysylltiedig, ym marn Mei Ling, dim ond mai dyna pryd y dechreuodd hi sylweddoli fod iechyd ei thaid yn dirywio. Roedd yn wanwyn gwlyb ar ôl gaeaf oer, annifyr, ac roedd Li Chen Gao yn wyth deg a phedwar oed . . .

Ar y radio, canodd Cliff Richard 'Congratulations'. Trodd Mei Ling y sain yn uwch ar fore pen-blwydd ei thaid.

'Oes raid i ti?'

'Canu i chi mae o, Taid.'

Gwrandawodd Li Chen Gao am funud. ' "When I tell everyone that you're in love with me"? Dwi ddim yn meddwl, Mei Ling.' Chwarddodd – chwerthin a drodd yn beswch sych. 'Diffodda'r sŵn yna rŵan, wnei di, plis?'

Galwodd Francis Yung yn y siop. Gwgodd Mei Ling arno. 'Dydi hi ddim yn ddiwrnod talu yn barod?'

'Wedi dod i ddymuno'n dda i Li Chen Gao ydw i.'

Sut oedd hwn yn gwybod . . .?

'Diolch. Ta-ta.'

Wrth y drws, trodd Francis Yung ac edrych arni. 'Mae gen i gryn feddwl o'th daid, Mei Ling. Dwi *yn* dymuno'n dda iddo fo.'

Dechreuodd Mei Ling ofalu fwy a mwy am waith papur y siop. Dim ond cael a chael i gadw dau ben llinyn ynghyd oeddan nhw.

'Taid . . .'

Roedd Li Chen Gao yn pendwmpian yn ei gadair o flaen *Opportunity Knocks*. Penderfynodd Mei Ling adael llonydd iddo. Ond byddai hi'n gorwedd yn effro am oriau bob nos, er ei bod wedi ymlâdd erbyn iddi fynd i'w gwely. Roedd yn ddechrau haf erbyn hynny, ac roedd yr haf bob amser yn gyfnod tawel.

'Dwi ddim yn gwbod be i'w wneud,' meddai wrth Wen. 'Mae mwy o arian yn mynd allan nag sy'n dod i mewn yma.' Roedd hi wedi bod felly ers misoedd lawer, ond ddywedodd hi mo hynny. 'Wnes i erioed feddwl fod pethau cynddrwg.'

Gofynnodd Tony Chow iddi am arian eto fyth yng nghanol yr haf. Gwaeddodd Mei Ling arno nes iddi sylweddoli ei bod yn beichio crio. Rhedodd Tony Chow allan o'r siop, wedi dychryn am ei fywyd. Welodd neb arall mo hyn yn digwydd – fel arfer, doedd 'na neb yn y siop.

Fis ar ôl hynny, ar ddiwrnod angladd Li Chen Gao, teimlai Mei Ling fel sgrechian ar yr holl bobol oedd yno. Cannoedd ohonyn nhw. Y gymuned i gyd, bron. Teimlai fel eu melltithio nhw i gyd i'r cymylau. *Lle roeddech chi i gyd pan oedd Taid yn fyw?* Gallai deimlo llygaid Francis Yung arni bob hyn a hyn.

Ddaeth ei gyflogwr – dyn mawr y gymuned, Cheng Hu – ddim ar gyfyl yr angladd. Ond roedd Tony Chow yno, wedi'i wisgo'n barchus am unwaith.

Wen, fodd bynnag, oedd ei chraig yn ystod y dyddiau hynny. Y hi a ofalodd fod pob drych wedi'i dynnu i lawr oddi ar furiau'r fflat. 'Fasa rhai o'r bobol hŷn yn cael ffit binc tasan nhw'n digwydd cael cip ar arch dy daid mewn drych,' meddai. Yn ôl yr hen gred, buasai hynny'n achosi marwolaeth un o'u teulu nhw. Gofalodd Wen hefyd fod pob cerflun o'r gwahanol dduwiau wedi'i lapio mewn papur coch, a bod cynfas wen yn hongian dros y drws a arweiniai i'r fflat, a gong wedi'i gosod y tu mewn i'r drws ar yr ochr chwith.

Yn ei arch, gwisgai Li Chen Gao yr un siwt ddu ag roedd wedi'i gwisgo pan aethon nhw i'r Marine Lake yn y Rhyl, dros chwe mlynedd ynghynt. Gosodwyd cadach melyn dros ei wyneb ac un glas golau dros ei gorff. Yn ei ystafell wely yr oedd ei arch, yn gorffwys droedfedd o'r llawr ar ddwy stôl fechan, a phen Li Chen Gao yn pwyntio at du mewn yr ystafell. Roedd llun ohono wrth y pen yma i'r arch, a bwyd ar gyfer ei siwrnai – a digon o flodau, meddyliodd Mei Ling yn sarrug, iddi fedru troi'r siop fwyd i lawr y grisiau'n siop flodau.

Un o'r pethau olaf a wnaeth hi oedd torri crib boced Li Chen Gao yn ei hanner. Rhoddodd un hanner i mewn yn yr arch a'r llall yn ei drôr dillad. Sylwodd fod ychydig o flew gwynion wedi'u dal rhwng y dannedd. Penderfynodd eu gadael nhw yno.

'Chi a'ch traddodiadau, Taid,' meddai. 'Chi a'ch traddodiadau . . .' – ac eisteddodd ar ei gwely i grio am y tro cyntaf ers iddo'i gadael. Yno roedd hi dros awr yn ddiweddarach pan ddaeth Wen i chwilio amdani.

Gwisgodd mewn glas ar gyfer yr ŵyl fabsant, eto yn ôl y traddodiad. Diwrnod cyfan o honno. Gwelodd fod Wen – be fasa hi wedi'i wneud hebddi? – wedi gofalu bod allor fechan wrth droed yr arch, ac un gannwyll wen arni, ac arogldarth a phapur thus yn llosgi'n gyson ar yr allor. Daeth dau fynach Bwdaidd o'r deml gyda'r nos i lafarganu gweddïau i gyfeiliant ffliwt. Eisteddodd Mei Ling yno wrth i bawb ddod i mewn a moesymgrymu gerbron yr arch fel arwydd o barch i'r teulu. Ar un pwynt daeth Wen ati a sibrwd yn ei chlust: 'Paid â gadael i Tony Chow ddod yn agos at y bocs rhoddion. Mae o'n gamblo'r tu allan i ddrws y fflat, yn y siop.'

'Mae yna bobol i *fod* yno'n gamblo, yn does?' Dyna rywbeth arall a hawlid gan yr 'hen draddodiadau'.

'Mae o'n mwynhau ei hun, Mei Ling.'

Bastad, meddyliodd Mei Ling. Mae o i fod yma'n gefn i mi. Yn galaru, nid yn mwynhau'i hun.

Pan ddaeth hi'n amser selio'r arch, diolchodd Mei Ling unwaith eto fod ei thaid yn ddyn go unigryw ac eithriadol yn yr ystyr nad oedd teulu mawr ganddo. Go brin y buasai hi wedi gallu dioddef yr holl wylofain traddodiadol, uchel, a fyddai wedi digwydd petai'r lle'n berwi o fodrybedd a hen chwiorydd. Duw a ŵyr – neu, *Bwda* a ŵyr – roedd holl weddïo'r ddau fynach bron â'i drysu. 'Dwi ond yn gobeithio'ch bod chi'n gwerthfawrogi hyn i gyd, Taid,' meddyliodd. Perthynai Li Chen Gao i'r traddodiad Bwdaidd Mahayanaidd. Y gred oedd fod yna hoe fechan, sef Antarabhava, rhwng marwolaeth ac ailenedigaeth – hoe fyddai'n dylanwadu ar y math o ailenedigaeth y byddai Li Chen Gao yn ei chael. 'Dach chi ddim isio dŵad yn ôl i'r byd yma fel cocrotsian neu bry genwair, yn nagoes, Taid?' Neu, gwaeth fyth, meddyliodd, fel canwr pop hirwallt.

Giglodd eto, ond cymerodd arni mai igian crio yr oedd hi. Cyffyrddodd Wen â'i braich.

'Ti'n iawn . . .?'

Nodiodd Mei Ling. Trodd y ddwy eu cefnau ar yr arch

wrth i'r mynaich bastio'r papurau melyn a gwyn sanctaidd arni: doedd wiw i neb wylio hyn yn digwydd gan y buasai'r fath beth yn dod â'r anlwc mwyaf ofnadwy yn ei sgil. Brathodd Wen ei gwefus isaf i guddio'i gwên pan ddeallodd mai ceisio peidio giglan yr oedd Mei Ling mewn gwirionedd, a bu'n rhaid i'r ddwy frwydro'n galed yn erbyn y demtasiwn i sbio ar ei gilydd.

Mwy o weddïo wedyn y tu allan i'r siop, a'r arch yn gorffwys ar y pafin, cyn iddi, o'r diwedd, gael ei llwytho i mewn i'r hers. Eisteddodd Mei Ling wrth ochr y gyrrwr â ffon thus yn mygu rhwng ei dwylo. Crwbanu'i ffordd i'r fynwent a wnaeth yr hers, gyda phawb arall yn cerdded y tu ôl iddi. Taswn i'n fab hynaf, meddyliodd yn ddiolchgar, mi faswn innau'n gorfod cerdded hefyd, â'm talcen yn pwyso yn erbyn ffenest ôl yr hers.

Yn y fynwent, daliodd Francis Yung yn edrych arni droeon. Sylwodd Wen ar hyn hefyd. Pan gafodd gyfle, rhoes bwniad slei i Mei Ling. 'Ma gen ti edmygydd newydd, dwi'n meddwl.'

'Paid. Plis paid.'

'Fasa unrhyw un yn well na Tony Chow.'

Cafodd gip ar ben seimllyd hwnnw y tu ôl i bawb arall. Sbio o'i gwmpas yr oedd o, yn amlwg heb ddim diddordeb yn yr angladd ei hun – yn ysu am gael bod yn rhywle arall.

Roedd yn ddiwrnod hyfryd o haf bach Mihangel, a theimlai'r pridd yn ei llaw yn gynnes ac yn lân. Gollyngodd ef i mewn i'r bedd, a'r sŵn yn uchel wrth iddo daro'r arch. Fel cerrig mân yn cael eu lluchio yn erbyn gwydr ffenest.

Unwaith eto, teimlodd lygaid Francis Yung arni.

Mae'n edrych yn unig, meddyliodd Francis Yung, er bod cymaint o bobol o'i chwmpas. Ar ei phen ei hun, yn archolladwy iawn.

Ac yn hardd. Sgleiniai'i gwallt hir yn yr heulwen. Gwyddai ei bod wedi'i ddal yn edrych arni, a hoffai petai wedi gallu creu rhyw fath o wên o gydymdeimlad ar ei chyfer, ond doedd gwenu ddim yn dod yn naturiol iddo. Go brin y buasai Mei Ling wedi ymateb i'w wên, p'run bynnag – heblaw i droi'i hwyneb oddi wrtho mewn dirmyg.

Hoffai petai'n gallu sibrwd wrthi fod y taliadau misol i'r Triads wedi gorffen efo Li Chen Gao. Gwyddai fod y siop mewn trafferthion ac yn methu cystadlu yn erbyn y siopau newydd. Roedd dyddiau'r siopau bychain yn prysur ddirwyn i ben. Ond doedd wiw i Francis Yung ddweud unrhyw beth o'r fath wrthi. Efallai, petai Li Chen Gao wedi bod yn llai balch ac wedi gwneud cais personol i Cheng Hu i gael talu llai bob mis . . .

Ond dyna fo. Cant ac wyth o bunnau bob mis oedd hi o hyd.

Ond mae hi mor hardd, meddyliodd Francis Yung. Mor hardd . . .

12

Grisiau'r Môr, Porthmadog

Trodd Mei Ling ac edrych i fyny ar Meirion. Be fyddai Taid wedi'i feddwl o hwn, ysgwn i? Fasa fo wedi'i gondemnio fo'n syth fel un o'r *sei gweilo*? Na, nid Li Chen Gao. Mi fasa wedi gweld yn syth fod yna enaid caredig, addfwyn yn llechu y tu ôl i'r gwallt hir, blêr a'r locsyn sgraglyd. Oedd, roedd golwg hipïaidd arno, a basa'i thaid wedi ffieiddio at hynny, ond dyna fo, roedd o'n troi'i drwyn ar bopeth heblaw coler a thei a gwallt cwta, taclus. Fasa fo ddim wedi meddwl llawer o waith Meirion, chwaith, mewn siop recordiau'n craffu dros recordiau ail-law i benderfynu a oedden nhw mewn cyflwr digon da i gael eu gwerthu.

Roedd Meirion wedi dechrau pendwmpian. Gwyliodd Mei Ling yr awel ysgafn yn chwythu drwy'i wallt. Oedd hi'n artaith iddo, weithiau, syllu ar yr holl lefydd lle roedd o gynt wedi rhedeg a dringo a neidio a nofio? Dim ond o bryd i'w gilydd y cawsai gip ar ei boen, fel pan oedd y clawdd uchel hwnnw wedi'i rwystro rhag gweld un o'i hoff olygfeydd.

Teimlodd rywbeth yn chwyddo'r tu mewn iddi, rhywbeth anferth a wnaeth iddi godi'n dawel a dringo i lawr y grisiau cerrig, llithrig. Aeth i'w chwrcwd a chydio mewn clwstwr o'r gwymon bron heb yn wybod iddi'i hun. Yn ei meddwl roedd darlun byw iawn o'r Meirion ifanc, yn ddi-farf â'i wallt wedi'i blastro'n fflat ar ei ben, yn neidio i mewn i'r môr oddi ar y grisiau yma. Yn neidio i mewn gan wasgu'i drwyn, efallai, neu'n deifio i mewn ac yn gweiddi'n uchel wrth i'w fol roi slap boenus i wyneb y dŵr. Yna'n codi i'r wyneb dan boeri, a dafnau o ddŵr yn sgleinio ar ei ysgwyddau yn yr haul, a'i goesau'n cicio'n llawn egni a nerth o dan yr wyneb . . .

Mae'n rhaid i mi fynd, meddyliodd eto, a gorau po gyntaf, er bod fy holl enaid yn crebachu wrth feddwl am hynny. Ond fedra i ddim aros yma. Bydd ei deulu'n o falch o 'ngweld i'n mynd, dwi'n gwbod, er mor garedig maen nhw i gyd wedi bod . . .

'Gwatsia di lithro, rŵan.'

Rhoes naid fechan, yn ei chwrcwd o hyd a'r gwymon yn llithro'n ôl ac ymlaen rhwng ei bysedd. Trodd. Roedd o'n gwenu i lawr arni.

'Pa liw oedd dy wisg nofio di?' gofynnodd iddo.

Chwarddodd. *'Be?'*

'Pa liw oedd dy wisg nofio di erstalwm?'

'Fuo gin i sawl un, dros y blynyddoedd. Un fach felen pan o'n i'n fach, dwi'n cofio. Yna un las . . . diawl, dwi'm yn ama mai rhai glas fuon nhw i gyd wedyn.'

'Nid coch?'

Ysgydwodd ei ben. 'Ches i rioed un goch. Pam?'

'Dim rheswm, 'mond gofyn.'

Ond roedd hi'n gwenu wrth ymsythu, sylwodd Meirion, a meddyliodd: Dwi am gadw hyn, rŵan, yn saff yn fy meddwl – y darlun hwn ohoni'n sefyll yma yn yr hen anorac werdd yna y cafodd ei benthyg gan Non, yn sbio i fyny arna i efo'r wên fach drist yna ar ei hwyneb, y strimyn gwymon yn hongian o'i llaw, a'r Cei Balast y tu ôl iddi yn yr haul.

Mi fydd hwn gin i am byth, dim ots be ddaw.

* * *

Daeth Non i'r parlwr ato tra oedd Mei Ling yn y bath. Roedd y Stryd Fawr, meddai, yn llawn Tsieineaid.

'Be?'

'Llwythi ohonyn nhw, i gyd yn prynu tân gwyllt i blant y dre 'ma.' Nodiodd Non. 'Ia, ti'n iawn. Yr ecstras eraill o'r ffilm 'na.'

Teimlai'r panig yn codi'r tu mewn iddo. Trwy'r pared deuai lleisiau Parti'r Ffynnon yn canu 'Diolch i'r Iôr'. Eirian efo'r *radiogram*.

'Be ma nhw'n dda yma?'

Cododd Non ei hysgwyddau. 'Dydi hi ddim yn afresymol meddwl eu bod nhw wedi cael noson allan yn y dre, siawns,' meddai. Roedd y dyddiau diwethaf wedi bod yn rhai braf a heulog, felly mae'n siŵr fod y criw ffilmio wedi manteisio ar bob munud o olau dydd. A doedd bod yn gaeth, i bob pwrpas, mewn hostel ieuenctid yn nhopiau Nant Gwynant ddim yn hwyl . . .

'Ia, ocê,' meddai Meirion yn biwis ar ei thraws. Ffwc-jwc, meddyliodd. Oedd raid iddyn nhw ddŵad *yma*? Pam na fasa'r ffycars wedi mynd i G'narfon?

'Ella y dylat ti ddeud wrth Mei Ling. Lle ma hi, beth bynnag? O na, sdim rhaid gofyn, yn nagoes?'

'Be ti'n feddwl?'

'Ma hi'n cael mwy o faths na Cleopatra.'

'Be ydi o i chdi?'

Edrychodd Non arno.

''Mond jôcio o'n i, Mei. Wel? Wyt ti am ddeud wrthi?'

Ysgydwodd ei ben.

'Pam?' gofynnodd Non.

'Dwi'm yn gwbod, reit?'

''I ffrindia hi ydyn nhw.'

Ffwc-jwc, meddyliodd eto.

''I phobol hi.'

'Wn i, wn i.'

'Dydyn nhw ddim yn poeni amdani?'

'*Dwi*'m yn gwbod, yn nacdw?'

'Wel blydi hel, Meirion, os ydi'r hogan wedi . . . jyst diflannu o'u canol nhw am ddyddia.'

'Ia, *ocê*, Non!'

'Be?'

'Mi ddeuda i wrthi, ocê?'

'Paid â bod yn flin efo *fi*, Meirion.'

Ochneidiodd. Roedd o newydd feddwl: Oedd raid i *hon*

eu gweld nhw? Rhywun arall, a faswn i wedi bod ddim callach.

'Mei?'

'Be?'

'Wyt ti am ddeud wrthi hi, 'ta be?'

'Wel yndw, dwi newydd ddeud. Fedra i ddim deud wrthi *rŵan*, na fedraf, nes daw hi i lawr.'

'Be sy, Mei?'

'Be ti'n feddwl?'

'Est ti'n wyn fel y galchan pan ddeudis i am y Tsieinîs 'ma. Ac yn flin fel tincar efo fi.'

'Sorri. Jyst . . . pan ddeudist ti i ddechra, ro'n i'n meddwl mai sôn am y blydi boi hwnnw roeddat ti.'

'Y . . .?'

'Hwnnw oedd yn chwilio amdani pan dda'th Stiffs a finna ar 'i thraws hi.'

'O . . . ond mae o wedi hen fynd yn ôl, yn dydi?'

'Am wn i.'

'Yn dydi, Mei?'

'Yndi, decini.'

''Chos dyna be ddeudist ti, pan ddoist ti â hi yma. Y basa fo'n mynd yn 'i ôl i Lerpwl unwaith roedd o wedi dallt nad oedd Mei Ling yno efo'r lleill . . .'

Roedd llais ei chwaer fel ewinedd ar fwrdd du, fel dwy farblan yn crafu yn erbyn ei gilydd, fel dril uchel y deintydd.

' . . . ac roedd hynny ddyddia'n ôl. A dydan ni byth wedi cael y stori'n llawn, yn naddo? Chwara teg, Mei, fedri di'm disgwl i Dad a Mam . . .'

'Ffwcin hel, Non! Rho'r gora iddi, 'nei di?!'

Drwy'r pared deuai sŵn Hogia'r Wyddfa'n 'Tw-whit tw-hŵio'. Tro Gwilym efo'r *radiogram* rŵan. Fyddai hi ddim yn hir cyn y byddai Jim Reeves yn llifo trwodd. Ddeuai'r un smic o gyfeiriad yr ystafell molchi na'r landin.

Roedd wyneb Non wedi caledu.

'Rwyt ti wedi deud y gwir wrthan ni, yn do?'

'Do, siŵr Dduw . . .'

''Chos os wyt ti 'di bod yn palu clwydda wrth Dad a Mam er mwyn iddyn nhw ada'l i honna aros yma . . .'

'Dwi ddim! Ocê? Dwi ddim. A ma gin "honna" enw.'

Rhythodd Non arno.

'Iesu, ma gin ti wynab! Doeddat ti a'r jîniys arall 'na ddim hyd yn oed yn gwbod be *oedd* 'i henw hi pan ddaethoch chi â hi yma gynta. Y fi ffeindiodd hynny allan.'

Ochneidiodd Meirion.

'Doeddach chi ddim yn gwbod 'i bod hi'n siarad Susnag, hyd yn oed! Ac ma'i Susnag hi'n well nag un chdi a fi hefo'n gilydd.'

'*Ocê*, Non.'

'Dwi isio gwbod rŵan wyt ti wedi deud y gwir wrthan ni.'

'Blydi hel – *do*! Faint o weithia tisio . . .?'

'Y gwir *i gyd*?'

'Do!'

'Wel, be sy 'ta, Mei?'

'Rwyt ti'n gwbod cymaint ag ydw i am y peth, Non.'

'Be – dydi hi ddim wedi deud dim mwy wrthat ti?'

'Naddo,' atebodd Meirion. 'A dw inna ddim 'di'i holi hi, cyn i chdi ofyn.'

'Wel ffor ff. . .'

Brathodd Non ei gwefus isaf. Roedd y *radiogram* wedi tawelu'r drws nesa ac roedd hi ar fin gweiddi ar ei brawd di-ddim. Yna daeth Slim Whitman – na, nid Jim Reeves – drwy'r pared yn canu 'Indian Love Call'.

Gostyngodd Non ei llais.

'Am be dach chi 'di bod yn siarad, 'ta? Yr holl oria dach chi wedi bod yn eu treulio hefo'ch gilydd, yr holl fynd am dro 'ma?'

Unrhyw beth *ond* y bwbach hwnnw oedd wedi'i dilyn yma, meddyliodd Meirion. Unrhyw beth ond yr hyn ddaeth â ni at ein gilydd yn y lle cynta . . .

Syllodd y ddau ar ei gilydd ac mae'n rhaid fod Non wedi

darllen rhywbeth yn ei lygaid, oherwydd meddai: 'O'r arglwydd, Mei . . .'

Gallai glywed rhywbeth tebyg i fraw yn ei llais.

'Be?'

Craffodd Non arno.

'*Be*?' Daliodd i rythu arno am ychydig. Yna cododd oddi ar y gwely.

'Ma'n rhaid i chdi ddeud wrthi – ti'n gallu gweld hynny, gobeithio?'

O. Y Tsieineaid yn y dref.

Ia, wrth gwrs.

Nodiodd. 'Yndw, yndw.'

O'r llofft, clywsant Mei Ling yn cerdded o'r ystafell ymolchi am hen ystafell Meirion.

'Mi wna i, os leici di.'

Ysgydwodd ei ben. 'Na . . . na, ma'n ocê. Mi wna i. Cyn gyntad ag y daw hi i lawr.'

'Ocê.' Petrusodd Non, yna meddai: 'Ma'n rhaid iddi fynd yn ôl, Mei.'

Nodiodd. 'Wn i.'

'Ocê,' meddai Non eto. Agorodd ddrws y parlwr. Yna trodd. 'Gwenllian . . .' meddai.

'Gwenllian?'

'Dydi hi ddim wedi bod ar dy gyfyl di ers dyddia, yn nacdi?'

Edrychodd Meirion arni. Ysgydwodd Non ei phen.

'Gwenllian druan. Doeddat ti ddim wedi sylwi, hyd yn oed, yn nagoeddat?'

Aeth allan a chau'r drws yn dawel ar ei hôl. Canai Slim Whitman 'Beautiful Dreamer' yn y parlwr cefn tra oedd ei thad yn cysgu yn ei gadair â'i geg yn agored. Edrychodd Eirian i fyny a gwneud ystum i gyfeiriad Gwilym efo'i gweill. Gwenodd Non yn ufudd a rhowlio'i llygaid. Aeth yn ei hôl allan gan gau'r drws ar y ddau a mynd trwodd i'r gegin. Dechreuodd osod y bwrdd ar gyfer swper.

Teimlad rhyfedd oedd ei osod ar gyfer pedwar unwaith eto. Doedd o ddim yn deimlad braf.

13

Porthmadog

'Lwcus, lwcus,' meddai Tony Chow, a giglo'r hen gigl uchel, anghynnes honno.

Reit yn ei chlust . . .

Neidiodd Mei Ling yn y bath. Eisteddodd i fyny'n ffwndrus gan ddisgwyl ei weld yn penlinio wrth y bath, ond wrth gwrs, doedd o ddim yma. Nid yma – yn nhŷ Meirion a'i deulu.

Roedd hi wedi pendwmpian i gyfeiliant y dŵr yn hisian a byrlymu yn y peipiau, y murmur lleisiau o'r parlwr ffrynt, a'r gerddoriaeth o'r parlwr cefn. Synau dieithr, ond synau cyfforddus a diogel, a chyda'i gilydd roeddynt wedi llwyddo mor hawdd i beri iddi ymlacio. Nes i Tony Chow ddod a giglan yn ei chlust.

'Lwcus, lwcus,' clywodd eto yn ei phen, a meddwl: Na, dydi hyn ddim yn deg, dydi o ddim yn iawn. Dŵad yma wnes i er mwyn rhoi cymaint o bellter ag sy'n bosib rhyngof fi a Tony Chow a Francis Yung.

Ond mae'r ddau ohonyn nhw wedi 'nilyn i yma – un yn fy meddwl a'r llall yn y cnawd – ac o'r ddau, Tony Chow, yr un yn fy meddwl, sy'n fy hambygio fwyaf.

Roedd dŵr y bath wedi dechrau oeri ac roedd blaenau'i bysedd wedi crebachu'n wyn, ond am ryw reswm teimlai'n gyndyn o godi ohono, sychu'i hun, gwisgo amdani a mynd i lawr y grisiau.

Ia, meddyliodd, y mynd i lawr y grisiau ydi'r bwgan. Dydi'r lleill yn ddim ond camau a fydd yn fy nhywys at hynny. A chodi o'r bath fydd y cam cyntaf.

Bu gyda hi drwy'r dydd heddiw. Teimlad annifyr, dyna i

gyd, ond teimlad cryf, serch hynny, fod yr hoe fechan, hapus hon ar fin dod i ben.

'Lwcus, lwcus,' sibrydodd Tony Chow.

Yn ei hystafell, gwisgodd eto mewn hen ddillad i Non. Daethai â bwndel iddi'r diwrnod cyntaf hwnnw. 'Dydyn nhw'n ddim byd sbesial. Ma'n wyrth nad ydyn nhw wedi cael ffling ers hydoedd. Dwi wedi hen ddyfu allan ohonyn nhw.' Edrychodd ar gorff bychan Mei Ling, wedi'i lapio mewn tywel bath. 'Ella y gwnân nhw dy ffitio di.' Roedd Non wedi petruso wrth y drws, yn amlwg â chant a mil o gwestiynau i'w gofyn, ond yn hytrach gwenodd yn dynn a mynd allan.

Erbyn heddiw, roedd ei dillad ei hun wedi'u golchi a'u sychu a'u smwddio, a'u gosod yn bentwr taclus ar y gadair ger y drws. Serch hynny, dillad Non a roes amdani, gan gynnwys y dillad isaf: nicyrs oedd yn ffinio ar fod yn blentynnaidd â'u patrwm o flodau 'na'd fi'n angof', a'r bra bychan oedd wedi breuo a llwydo ond a setlai'n gyfforddus dros ei bronnau bychain.

Gorweddai'r crogdlws ar y gist ddroriau. Gwnaeth ei gorau i beidio ag edrych arno. Yn hytrach, wrth iddi wisgo, ceisiodd ddychmygu'r ystafell pan oedd hi'n dal i fod yn llofft Meirion. Roedd golwg y diawl arni bryd hynny, mae'n siŵr. Ond na, erbyn meddwl, fedrai hi ddim dychmygu y basa Eirian yn caniatáu iddi fod yn ormodol felly. Pâr o esgidiau budron a di-raen yn flêr dan y gadair, efallai. Pentwr o recordiau ar honno, wedi hanner eu cuddio gan grys neu bâr o jîns. Papurau, cylchgronau, llyfrau ar eu hanner. A phersawr chwys traed yn hofran yn yr aer byth a beunydd.

Ond crwydrai ei llygaid yn ôl at y gist ddroriau a'r crogdlws oedd arno.

Un bach gwyrdd, wedi'i wneud o arenfaen (neu jâd) rhad ac ar ffurf dynes gyntefig, Fwdaidd, yn eistedd ar sedd wedi'i gwneud o flodau'r lotws a jariad o ddŵr yn ei dwylo. Y dduwies Kuan Yin. Duwies oedd i fod i ddod â lwc dda i bobol.

'Lwcus, lwcus,' meddai Tony Chow . . .

Lerpwl

. . . gan chwifio'r crogdlws yn ôl ac ymlaen o flaen ei llygaid fel tasa fo'n ceisio'i hypnoteiddio, a giglan yn uchel. Prin roedd hi wedi'i weld fwy na ryw deirgwaith ers diwrnod angladd Li Chen Gao. 'Dydi hynny ddim yn ddigon?' oedd geiriau Wen, ac roedd Mei Ling wedi ysgwyd ei phen a dweud, na, roedd hynny'n ormod.

Doedd o ddim wedi sylwi ei bod hi wedi torri'i gwallt. Dawnsiai ei lygaid o gwmpas y siop a gwenai'n llywaeth, ei gôt Affgan yn drewi'n waeth nag erioed a'i wallt yn ddigon seimllyd i ffrio reis ynddo.

'Be wyt ti isio?' ochneidiodd Mei Ling.

Daliai i chwifio'r crogdlws o flaen ei hwyneb.

'Wnei di roi'r gora i hynna!' Rhoes swadan ysgafn i'r crogdlws.

'Dydi hynna ddim yn neis iawn, Mei Ling. A finna wedi dŵad ag anrheg i ti.' A rŵan, dim ond rŵan, yr edrychodd arni'n iawn. Craffodd. 'Ti wedi torri dy wallt.'

Anwybyddodd Mei Ling hyn.

'Dwi ddim isio unrhyw beth gen ti, Tony. A deud y gwir, dwi'm isio i ti ddŵad yma eto, felly plis . . .'

Pwyntiodd at ddrws y siop. Roedd Tony Chow wedi troi a rhythu ar y drws fel pe na bai wedi disgwyl gweld y fath beth yno.

'Dwyt ti ddim isio gwbod lle dwi wedi bod heddiw?'

Ysgydwodd Mei Ling ei phen. 'Wnei di *fynd*, plis, Tony . . .?'

'Yn yr orsaf. Dwi wedi bod yn yr orsaf, Mei Ling. Ac wedyn, es i i'r farchnad – i stondin Mrs Lee, yn un swydd i chwilio am anrheg i ti. A dyma fo . . .' Dechreuodd chwifio'r crogdlws eto. 'Ma hwn yn lwcus, lwcus. Ti'n dallt?'

Cyn iddi fedru'i rwystro, plygodd yn ei flaen a gollwng cadwyn y crogdlws am ei gwddf . . .

Yn awr, yn ystafell wely Meirion, rhwbiodd ei breichiau wrth gofio sut y bu i'w arogl droi arni. Sylweddolai bellach mai ymateb yn reddfol a wnaethai wrth ei wthio oddi wrthi, rhwygo'r crogdlws oddi am ei gwddf, a'i luchio 'nôl ato â'i holl nerth fel tasa fo wedi gosod neidr wenwynig am ei gwddf.

'Dwi mo'i *isio* fo!'

Y peth nesaf a gofiai oedd Tony'n cydio yn ei gwallt – ei gwallt cwta, twnsiad ohono ar ei chorun – a gweiddi yn ei hwyneb, 'Dwyt ti'm yn dallt!' A hyd yn oed drwy'r boen a losgai yn ei phen, trodd ei stumog eto wrth i'w wynt afiach chwythu dros ei hwyneb fel dŵr golchi llestri budur.

Ac o rywle – o nunlle – daeth Francis Yung. Cic i ddechrau, cic uchel a drawodd Tony yn ei ben a'i wthio oddi wrth Mei Ling fel pe na phwysai fawr mwy na phêl lan-y-môr. Baglodd Tony yn ei ôl yn erbyn cownter y siop cyn disgyn ar wastad ei gefn ar lawr, ei wyneb yn llawn braw wrth weld pwy oedd wedi'i gicio.

Roedd wyneb Francis yn hollol ddifynegiant wrth iddo blygu tuag at Tony a'i godi oddi ar y llawr gerfydd ei wallt. Dyna beth a syfrdanodd Mei Ling fwyaf, meddyliodd yn awr – y ffaith nad oedd wyneb Francis Yung yn dangos yr un tamaid o emosiwn. Roedd o fel peiriant, fel robot mewn ffilm ffuglen-wyddonol. Llusgodd Tony i'w draed cyn ei droi a tharo'i wyneb sawl gwaith yn galed yn erbyn y cownter. Ffrwydrodd y gwaed ohono yn gymylau coch. Yna llusgodd Francis Tony allan o'r siop gerfydd ei wallt, fel petai'n cludo sachaid o datws. Allan drwy'r drws, i'r dde, heibio i'r ffenest ac o'r golwg.

Roedd criw o bobol wedi ymgasglu y tu allan i'r siop, criw a rythai'n fud wrth i Francis lusgo Tony allan a heibio iddynt.

Yna'n troi i gyd fel un a rhythu ar Mei Ling, a safai'n crynu yn erbyn y cownter. Ddaeth neb i mewn i'w helpu, na hyd yn oed i ofyn a oedd hi'n iawn. Er bod nifer ohonyn nhw, mae'n siŵr, wedi gweld y cyfan. Wynebau cyfarwydd, hefyd, y rhan fwyaf ohonyn nhw; y tro diwethaf iddi hi eu gweld oedd yn angladd ei thaid, pob un yn llawn cydymdeimlad.

Ac wrth gwrs, welodd hi 'run ohonyn nhw eto wedyn.

Tan rŵan.

'Be . . .?!' cofiai sgrechian ar y criw. 'Be . . .?!'

Daeth Francis Yung yn ei ôl. Cyfarthodd orchymyn, a diflannodd pawb o'r drws.

Daeth i mewn i'r siop. Ceisiodd Mei Ling symud yn ôl oddi wrtho wysg ei chefn, wedi anghofio'i bod yn pwyso yn erbyn y cownter – y cownter pren henffasiwn oedd wedi bod yno ers i Li Chen Gao agor ei siop am y tro cyntaf erioed.

Arhosodd Francis Yung yn stond, ac am y tro cyntaf gwelodd Mei Ling emosiwn ar ei wyneb.

Tristwch.

'Faswn i ddim yn codi fy mys yn d'erbyn di, Mei Ling,' meddai.

Trodd. Ar ei ffordd allan, plygodd a chodi rhywbeth oddi ar y llawr, a'i roi ar y cownter. Y crogdlws bach gwyrdd. Edrychodd ar Mei Ling, yna trodd eto a mynd allan.

Safodd hithau yno am funudau hirion yn syllu ar waed a darnau o ddannedd Tony Chow ar lawr pren siop ei thaid.

14

Er ei gwaethaf, cafodd ei hun yn meddwl: Tony druan. Ni allai anghofio'r cleisiau hyll a welsai ar ei gorff bach eiddil flynyddoedd ynghynt yn y pwll nofio, ac fel y safai yno yn ei wisg nofio fach goch yn beichio crio, a phawb yn chwerthin am ei ben. Bron pawb. *Pawb ond y chdi, Mei Ling. Y chdi oedd yr unig un i edrach arna i fel tasat ti'n teimlo drosta i . . .*

Ac roedd hi'n dal i deimlo drosto. Oedd, roedd o'n niwsans ac oedd, roedd o'n ffŵl, ond roedd gweld y darnau o'i ddannedd yng nghanol y gwaed wedi'i hysgwyd.

''Mond dŵad ag anrheg i mi 'nath o,' meddai wedyn wrth Wen.

Ond roedd o wedi ymosod arni, dadleuodd Wen; roedd o wedi'i cham-drin yn gyhoeddus.

'Oedd . . .'

'Paid ti â meiddio!'

'Be?'

'Teimlo drosto fo.'

Gwaed a dannedd ar lawr y siop, a phlentyn bach eiddil yn gleisiau i gyd ac yn crio dros y lle mewn gwisg nofio fach goch.

'Rwyt ti angen brêc,' meddai Wen wrthi. 'Sbia arnat ti dy hun yn y drych. Sbia go iawn, Mei Ling.'

Gwelai fod Wen yn iawn. Er hynny, ceisiodd chwilio am esgusion. Y siop – ni fedrai fforddio cau'r siop.

'Fasat ti'n sylwi ar unrhyw wahaniaeth mawr?'

Meddyliodd. Ysgydwodd ei phen. Ond wedi dweud hynny, ni fedrai fforddio mynd i ffwrdd i nunlle am wyliau.

Gwenodd Wen yn llydan. 'Ro'n i'n gwbod y basat ti'n deud

hynna. Ma gen i jyst y peth iti. Dwi wedi sôn wrthot ti am hyn o'r blaen.'

Nid gwyliau fyddai o, ond mi fyddai mewn rhan ddieithr o'r wlad. Ar ben hynny, roedd yn rhad ac am ddim, a byddai rhyw gymaint o dâl ar ei ddiwedd hefyd.

A'r cyfle i fod ar sgrin fawr y sinema gydag un o sêr mwyaf Hollywood, pwysleisiodd Wen. 'Meddylia, pan fyddi di'n hen, mi fedri di ddeud wrth dy wyrion a'th wyresau dy fod wedi bod mewn ffilm efo Gregory Peck.'

'Erbyn hynny, fydd neb yn gwbod pwy oedd Gregory Peck!' Ond roedd hi wedi dechrau cynhesu at y syniad . . .

'Pam?' gofynnodd Wen. 'Rydan ni'n gwbod am Charlie Chaplin, yn dydan? A phryd oedd hwnnw wrthi?'

'Ia, olréit, ma gen ti bwynt.' Roedd Wen eisoes wedi'i mwydro am hyn, cofiai'n awr. Doedd hi ddim wedi talu fawr o sylw ar y pryd, gan na feddyliodd erioed y basa hi'n gallu cefnu ar y siop.

Porodd y ddwy drwy'r daflen. *The Most Dangerous Man in the World* – cyfarwyddwr: J. Lee Thompson (cyfarwyddwr *The Guns of Navarone* a *Cape Fear*, ymysg ffilmiau eraill).

Hanes gwyddonydd Americanaidd oedd hefyd yn ysbïwr fyddai hon, hyd y dalltai Mei Ling. Lleoliad y stori oedd y ffin rhwng Tsieina a Rwsia. Yr hyn a wnâi Gregory Peck yn ddyn mor beryglus oedd y bom atomig fechan oedd wedi'i phlannu y tu mewn i'w ben. Os na fyddai'n gorffen ei dasg mewn da bryd, yna byddai'r bom yn ffrwydro.

Edrychodd Mei Ling ar Wen. 'Ma'r stori'n rybish, yn dydi?'

'Be ydi'r ots?'

Meddyliodd am yr oriau a gymerai iddi sgwrio llawr a chownter y siop, a'r dŵr yn y bwced yn troi'n goch budur . . . Nagoedd, doedd dim ots.

'Pryd ma hyn, Wen?'

'Fory. Ma'r bws yn gadael am un fory.'

'Dwi wedi'i gadael hi'n rhy hwyr felly, yn do? Fydda 'na le i mi ar y bws?'

'O, bydd.' Gwenodd Wen eto. 'Dwi eisoes wedi rhoi enwa'r ddwy ohonan ni ar y rhestr. Jyst rhag ofn.'

Lerpwl i Nant Gwynant

Ar y bws i Gymru, y sôn mawr oedd fod rhywun wedi dwyn arian o gasino Cheng Hu. Roedd Cheng Hu yn lloerig. Nid yn gymaint am yr arian, ond oherwydd bod hyn wedi gwneud iddo edrych fel dyn gwan.

'Faint?' gofynnodd Mei Ling.

'Does neb yn siŵr,' meddai Wen. 'Mae'n amrywio, dibynnu ar bwy rwyt ti'n ei holi. Ond miloedd, faswn i'n deud.'

'Pwy ddaru?'

''Sneb yn gwbod. Ddim eto. Rhywun sy ddim isio byw, beth bynnag.'

Drwy ffenest y bws, gwelai Mei Ling a Wen y dirwedd yn newid fel yr aent fwyfwy i'r gorllewin. Traethau a môr yn troi'n fynyddoedd a llynnoedd – mynyddoedd anferth a chaled, eu copaon ar goll y tu ôl i gymylau o niwl, a llynnoedd a edrychai'n ddiwaelod, ddu – a threfi a phentrefi ag enwau dieithr, amhosib eu hynganu.

Roedd yn dywyll pan gyrhaeddwyd pen y daith, a'r nos yn poeri glaw wrth iddynt ddisgyn oddi ar y bws.

Teimlai Mei Ling yn ymwybodol o'r creigiau o'i chwmpas, er na fedrai eu gweld yn y düwch gwlyb. Doedd hi erioed wedi gweld y fath ddüwch o'r blaen. Wrth aros i'r gyrrwr dynnu'r bagiau o'r bŵt, syllodd ar y glaw yn disgyn yng ngoleuni lampau'r bws. Teimlai, petai hi'n camu'n ôl o gyrraedd y goleuni, y byddai'r düwch yn ei llyncu am byth. Byrlymai'r iaith Gantoneg o'i chwmpas a gwgai'r mynyddoedd i lawr arni o'r tywyllwch. Gofynnodd Wen iddi a oedd hi'n teimlo'n iawn.

'Ydw. Ydw, siŵr.'

Cymerodd ei bag gan y gyrrwr a dilyn y lleill i mewn drwy

ddrysau'r hostel ieuenctid, ei llaw dde ym mhoced ei chôt a'i bysedd wedi'u cau am y dduwies Kuan Yin.

Lwcus, lwcus . . .

Penmaenmawr

Dau lygad du yn ymbil. Yn ymbil arno, yn fawr ac yn grwn yn ei phen . . .

Gwelai hwy'n glir bob tro y ceisiai gysgu. Bob tro y caeai ei lygaid roeddynt yno'n rhythu arno, yn crefu arno ac yn ei gyhuddo'n fud. Ni fedrai anghofio sut y bu iddi symud wysg ei chefn oddi wrtho. Roedd ei drais wedi'i dychryn, ac roedd ei hofn, ei braw, wedi'i ddychryn yntau hefyd. Methodd ddod o hyd i'r geiriau a fuasai'n tawelu ei meddwl, a fuasai'n llonyddu ei henaid. O'r diwedd, llwyddodd i ddweud wrthi na fuasai byth yn gallu codi'i fys yn ei herbyn, ond wnaeth o mo'i hargyhoeddi hi, gallai weld hynny'n glir, oherwydd roedd y ddau lygad mawr yn dal i rythu arno'n orlawn o ofn a dychryn.

Prin roedd o wedi cysgu neithiwr, chwaith, er ei bod yn oriau mân y bore arno'n cael mynd i'w wely. Roedd dau lygad du arall yn aflonyddu arno a'i gadw ar ddi-hun. Doedd y dyn – Mao Sung, rheolwr y casino – ddim wedi cyffroi o gwbl, hyd yn oed pan safodd Mickey Lo y tu ôl iddo, lapio'i ddwylo mawrion am ei ben a chyda phlwc sydyn, torri'i wddf fel tasa fo'n lladd iâr. Llanwyd yr ystafell â drewdod wrth i bledren Mao Sung ymlacio a gwagio. Dyna pryd y llewygodd y ferch, Lien-Hua, ynghlwm yn ei chadair gyferbyn.

Ei llygaid hi oedd wedi rhythu ar Francis Yung. Roeddynt yn dal i aflonyddu arno'n awr, yn y car ar ei ffordd tua'r gorllewin i chwilio am Mei Ling. Meddyliodd droeon iddo'u gweld yn syllu arno pan edrychai yn y drych.

Arhosodd mewn cilfach ar ochr ffordd yr arfordir am

smôc, gan nad oedd o'n un am smocio wrth yrru. Teimlai'r bore cynnar yn anadlu'n wlyb ar ei wyneb wrth iddo sugno'n farus ar ei sigarét. I'r dde iddo roedd y môr, yn crafu'r traeth â chusanau garw. Meddyliodd Francis Yung am dafod cath yn llyfu.

Doedd o erioed wedi bod yn y rhan yma o'r wlad o'r blaen. Mynyddoedd fyddai o'i flaen, gwyddai hynny – mynyddoedd oedd ar goll ar hyn o bryd yng ngweddillion y nos.

Diffoddodd ei sigarét a dychwelyd i'r car. Ia, mynyddoedd, yn ôl y map. Mynyddoedd a llynnoedd a llefydd ag enwau a swniai mor galed â'r creigiau oedd o'u cwmpas, ac ofnai y byddai'n teimlo allan o'i elfen yn ei gar newydd crand a'i siwt ddrud. Roedd ei fam wedi gwenu wrth fyseddu'r defnydd, yn falch ohono, ond nid felly ei dad. Troi i ffwrdd a wnaethai ei dad: roedd o wedi gweld y tatŵ ar fraich dde Francis Yung. Llun o neidr wedi'i lapio o gwmpas cyllell, ac o dan y neidr, yr arwydd + a'r llythyren **K**, a rhywbeth tebyg i sgwâr bychan rhwng y + a'r **K**. Gwelsai ei dad y tatŵ hwn ar sawl braich dros y blynyddoedd. Ni wnaeth unrhyw ymdrech i guddio'i siom oddi wrth ei fab – ei siom *yn* ei fab.

Crynai'r car fel cwningen nerfus wrth i lorri anferth ruo heibio iddo ar y ffordd.

15

Porthmadog

Arhosodd Meirion amdani yn y parlwr; aros am sŵn ei throed ar y grisiau. Roedd gan bawb ei sŵn gwahanol ei hun, dysgodd ers iddo fyw yn y parlwr ffrynt. Gwilym oedd y trymaf, pob gris yn grwgnach oddi tano; Non y gyflymaf, yn gwibio i fyny fesul dwy, ac Eirian rhwng y ddau, ond, am ryw reswm, wastad yn clirio'i gwddf pan fyddai tua hanner ffordd i fyny neu i lawr.

Ac roedd Mei Ling fel pluen, bron, fel tasa arni ofn cael row am wneud i'r grisiau wichian. Doedd o erioed wedi ystyried sut sŵn oedd ei sŵn o ar un adeg: carlam diamynedd, mae'n siŵr. Pan oedd yn blentyn, arferai ymlusgo i fyny ar ei fol gan gymryd arno ei fod yn dringo mynydd, neu â dagr rwber rhwng ei ddannedd fel môr-leidr yn dringo rhaffau'r rigin: Israel Hands a'i fryd ar ladd Jim Hawkins.

Daeth Slim Whitman drwy'r pared, a synau llestri a chyllyll a ffyrc o'r gegin. Ond dim byd o'r llofft.

Efallai ei bod wedi gorwedd am bum munud a chysgu? Gormod o awyr iach.

Bydd yn rhaid i mi feddwl am fynd yn ôl i weithio'n o fuan, beth bynnag, meddyliodd. Gwyddai ei fod yn ffodus o'i job. Non oedd jyst wedi piciad i'r Cob pan ddaeth *Bookends* Simon & Garfunkel allan – y Cob, y siop a drodd o fod yn gaffi tra oedd o yn yr ysbyty. Cyn hynny roedd Meirion wedi treulio blynyddoedd â'i drwyn yn erbyn gwydr ffenest Kerfoots (neu'r Siop Fawr) a ffenest siop Smith's, yn rhythu ar gloriau'r recordiau – EPs i gyd yn y dyddiau hynny. A stelcian y tu allan i'r British Legion ar nosweithiau Sadwrn yn gwrando ar y grwpiau roc-a-rôl lleol – Dino and the

Wildfires, The Infamous Coalition, The See-Saw. Roedd gwir angen siop recordiau iawn ar Port, er bod chwith garw ar ôl y Cob Caffi.

Yn y Cob, roedd Non wedi dechrau sgwrsio efo Breian (neu 'Bill'), y perchennog, a hwnnw wedi holi am Meirion. 'Ydi o isio job, d'wad? Deud wrtho fo am fy ffonio. Duw a ŵyr, ma'r boi wedi rhoid digon o brês yn 'yn jiwc-bocs i dros y blynyddoedd.'

Gwaith Meirion oedd bod yn gyfrifol am y recordiau aill-law a gâi eu hanfon yno, a gofalu eu bod mewn cyflwr digon da i gael eu hailwerthu. Câi ddefnyddio'r drws ochr, gan fod y siop yn rhy gul iddo fynd drwyddi yn ei gadair olwyn. Roedd wrth ei fodd yno. Roedd Breian/Bill wedi'i achub rhag llithro i mewn i bydew du, dwfn uffernol. Doedd arno ddim eisiau cymryd mantais drwy gipio mwy o amser o'i waith.

Yn enwedig os oedd o'n iawn yn meddwl bod ei amser o a Mei Ling yn dŵad i ben.

* * *

Doedd hi ddim ond fel ddoe ers pan ofynnodd Dewi Stiffs iddo, 'Ti'n meddwl y daw hi?'

'Fyddi di ddim gwaeth â gofyn. Dwi'n siŵr y basa hi'n leicio mynd.'

'Ond efo fi?'

A, ia, wel – dyna'r peth. Ymateb cyntaf Non, pan ofynnodd Meirion iddi ar ran Dewi, oedd chwerthin yn uchel – ond nid mor uchel ag yr oedd o wedi'i ddisgwyl. Ildiodd fesul dipyn i'w swnian ef a pherswâd ei rhieni. O'r diwedd, meddai: ''Mond cael lifft gynno fo, yno ac yn ôl. Cyn bellad â'i fod o'n dallt hynny.'

Ar y dydd Sul, edrychodd Meirion drwy'r ffenest. 'O, ffwc-jwc . . .' Roedd Non i fyny yn ei llofft yn ymbaratoi. 'Mam!' gwaeddodd – a phan ddaeth Eirian trwodd, 'deudwch wrth Non, *her chariot awaits*.'

Edrychodd Eirian arno. 'Be ydi'r jôc?'

'Sbïwch allan.'

'Pam?' Sbeciodd Eirian drwy'r llenni les. 'O'r nefi . . .'

Clywsant *Sgt Pepper* yn cael ei diffodd a swn Non yn cychwyn i lawr y grisiau. Aeth Eirian i agor y drws ffrynt. 'Ma Dewi yma,' meddai, a'i chefn at Non rhag iddi weld ei gwên. 'Sut wyt ti, Dewi . . .'

Roedd Meirion yn nrws y parlwr. 'Hei, Stiffs . . .'

Daeth Non o'r gegin â brechdanau mewn bag bwyd – Eirian wedi'u paratoi'n gynharach er gwaetha protestiadau Non nad mynd am bicnic oedden nhw. Gwisgai jîns a siwmper gynnes. Oedd Stiffs wedi gobeithio y byddai'n gwireddu ei ffantasi a mynd mewn sgert fer a blows dynn, yn glîfej i gyd, wedi'r cwbwl? Er ei bod yn ddiwedd mis Hydref a hwythau ar eu ffordd i dopiau Nant Gwynant? Oedd, yn ôl yr olwg siomedig a wibiodd am ennyd dros ei wyneb.

'Be ydi'r jôc?' Roedd Non wedi sylwi ar ei mam a Meirion yn trio peidio â gwenu.

'Dim byd, dim byd . . .'

Edrychodd yn amheus ar y ddau cyn troi at Dewi. 'Barod, 'ta?'

'Yus, m'lady.' Parker o'r *Thunderbirds* yn cyfarch Lady Penelope.

Camodd Non o'r tŷ a sefyll yn stond. Rhythodd ar yr hers. Yna trodd a mynd i mewn i'r tŷ yn ei hôl. Ar ei ffordd i mewn, sodrodd y bag bwyd yn nwylo Meirion.

Hanner awr yn ddiweddarach, meddai Meirion: 'Yli, nid 'y mai i oedd o – waeth i chdi heb â llyncu mul efo fi.'

Canolbwyntiodd Dewi ar lywio'r hers heibio i'r corneli culion ger pont Aberglaslyn.

'Dwi'n gwbod y basa'n well gin ti gael Non yn ista yma wrth d'ochor di na fi.'

'Ffwcin reit.'

'Dydi pawb ddim yn mwynhau reidio mewn hers, 'sti.'

'Ma hi'n wag, yn dydi? Tasa 'na arch yn y cefn, 'swn i'n gallu madda ella.'

'*Ella?*'

'Ocê, 'swn i'n gallu madda. Ond doedd gin i ddim dewis, yn nagoedd, efo'r Anglia'n gwrthod cychwyn.'

Er bod yr haul yn tywynnu pan adawon nhw Port, roedd dŵr glas afon Glaslyn, ers iddyn nhw adael Pren-teg, wedi troi'n llwyd. Amhosib oedd gweld mwy na hanner gwaelod y Cnicht.

'Ond roedd hi *am* ddŵad efo fi, yn doedd?' meddai Dewi wrth nesáu at Feddgelert.

'Mi gwelist ti hi, yn do? Ac roedd Mam wedi gneud y brechdana 'ma i chi'ch dau a bob dim.' Ysgydwodd y bag. 'A Thermos o de. Brechdana ham 'fyd.'

Y tu allan i'r tŷ, wedi i Non ddiflannu i fyny'r grisiau a chau drws ei llofft â chlep a swniai fel tasa gwaith powdwr Penrhyn wedi ffrwydro, roedd Dewi wedi troi at Meirion. 'Awn ni'n dau, 'ta?' Ymdrechu i guddio'i siom yr oedd o, gan drio ymddangos yn cŵl a di-hid o flaen Eirian. Gorweddai'r gadair olwyn wedi'i gwasgu at ei gilydd yn y cefn, lle byddai'r eirch fel arfer.

'Picnic,' meddai Dewi Stiffs. Roedd o'n breuddwydio eto, roedd yn amlwg – breuddwyd mewn ffocws meddal. Non ac yntau'n rhannu'r brechdanau ar lan yr afon fel tasa hi'n brynhawn o haf hirfelyn. 'Ti'n meddwl byddan nhw isio ecstras?'

'Be?'

'Mi oeddan nhw yn *The Prisoner*. Rhan o'r hwyl o watsiad hwnnw ydi chwilio am bobol Port yn'o fo. Roedd Ifan Emlyn siop sgidia i'w weld yn blaen arno fo un noson.'

'Mi fyddi di'n ocê,' meddai Meirion, 'os byddan nhw isio filej idiot.'

'Ffyc off, Mei.'

Ond roedd Dewi'n gwenu, o'r diwedd. Wrth yrru heibio i Lyn Dinas, meddai: 'Ti'n meddwl 'mod i wedi bygro petha'n llwyr efo hi?'

Arglwydd, do . . .

"Swn i'n rhoid wsnos iddi hi ddeijestio'r mul 'na ma hi wedi'i lyncu,' atebodd Meirion yn ofalus.

'Wsnos?'

'Wsnos reit dda.'

16

Caernarfon i Lanberis

Lien-Hua.

Doedd hi ddim mor debyg â hynny i Mei Ling, meddyliodd Francis Yung wrth yrru. Roedd Lien-Hua yn galetach person o gryn dipyn, a deuai'r caledi hwnnw allan yn ei hwyneb. Un o ferched y casino oedd hi, wedi dysgu sut oedd gwenu ac ar bwy. Ac roedd merched y casino hefyd wedi dysgu nad oedd o'n un a fyddai'n gwenu'n ôl.

Ond roedd llygaid Lien-Hua wedi ymbil arno neithiwr wrth iddo roi diod o ddŵr iddi ar ôl iddi lewygu – wedi syllu arno'n ddwys dros ymyl y cwpan, fel petai hi'n gwneud ei gorau i'w hypnoteiddio er mwyn iddo ddatod y rhaffau a'i helpu ar ei thraed. Bu ynghlwm i'r gadair ers oriau, y hi a Mao Sung, ill dau'n crynu'n noethlymun mewn ystafell fawr, wag mewn warws yn y dociau, a phyllau o biso ar y llawr wrth eu traed.

Roeddynt yn noeth oriau ynghynt hefyd, y ddau yma, yn ystafell gefn swyddfa'r casino, yn noeth ac yn chwyslyd ar soffa galed, a gweddill y staff wedi mynd adref a'r drysau wedi'u cloi. Wrth i Mao Sung lithro i mewn ac allan ohoni, meddyliodd iddi glywed sŵn rhywun yn tynnu dŵr yn y toiledau ym mhen draw'r coridor. Ond roedd hynny'n amhosib, cofiai feddwl wrth ffugio griddfan yng nghlust chwith ei chyflogwr: roedd y cwsmeriaid i gyd wedi hen fynd cyn i'r staff adael. Ond pan ddaethant yn ôl i mewn i'r swyddfa o'r ystafell gefn, roedd yr arian – dros ddeng mil o bunnoedd – wedi diflannu oddi ar y ddesg.

'Be ydi dy farn di, Francis Yung?' Gallai glywed llais Cheng Hu hyd yn oed yma yn y car. Cheng Hu â'r llygaid marw, fel llygaid siarc. Nòd fechan gan Cheng i gyfeiriad Mao Sung ac roedd Mickey Lo wedi ufuddhau'n syth, fel tasa Cheng Hu wedi gwasgu botwm ar robot.

Barn Francis Yung oedd fod llawer gormod o ofn ar Lien-Hua iddi hyd yn oed freuddwydio am ddweud celwydd. 'Rhywun a welodd ei gyfle,' mentrodd ddweud. Go brin y buasai rhywun oedd yn bwriadu dwyn yr arian wedi mentro tynnu sylw ato'i hun drwy dynnu tsiaen yn y toiled. Roedd Cheng Hu yn cytuno. Felly'r cwestiwn oedd – pwy? Rhywun oedd wedi colli'n drwm yn y casino, meddai Francis Yung. Pwy gafodd *IOU* y noson honno?

Daeth yr ateb yn syth. 'Tony Chow,' meddai Lien-Hua. 'Am dri chan punt.' Oedd, roedd hwnnw'n ddigon gwirion i ddwyn oddi ar Cheng Hu.

'Neb arall?' gofynnodd Cheng Hu i'r ferch.

Ysgydwodd ei phen. Na, dim ond Tony Chow. 'Ma hynny'n help i chi, yn dydi?' meddai. 'Dwi wedi'ch helpu chi, yn do?'

'Do,' meddai Cheng Hu, a gwelodd Lien-Hua'r nòd fechan a roes i Mickey Lo. Hoeliodd ei llygaid ar Francis Yung wrth i Mickey gerdded ati, wrth i'w ddwylo lapio am ei phen a'i gwddf. Llygaid duon yn llawn ymbil, a methodd yntau edrych i ffwrdd nes bod y goleuni wedi pallu ohonynt.

* * *

Yn awr, gwasgodd Francis Yung yr olwyn lywio'n dynn wrth feddwl am orfod gwylio'r un goleuni'n gwywo o lygaid Mei Ling.

Baswn yn fy nallu fy hun yn gyntaf, addunedodd. Ond ei lygaid ef ei hun a rythai arno o'r drych yn awr . . .

. . . gan ofyn a fasa fo, Francis Yung, mewn gwirionedd, yn ddigon dewr.

Bwlch Llanberis

Cilfach arall, a sigarét arall. Teimlai'r awydd – yr angen – fwyfwy wrth iddo nesáu at ben ei daith.

Glaw mân yma. Glaw oer a gwynt fel cyllell. Roedd i'w glywed yn fain rhwng y creigiau miniog, fel petaen nhw'n chwibanu rhwng eu dannedd.

Teimlai Francis Yung yn fach ac yn ddi-nod a'i gar drud mor fregus â darn o deisen sinsir. Ychydig iawn o gerbydau eraill oedd ar y ffordd yr adeg yma o'r dydd, rhywbeth a ychwanegai at ei unigrwydd.

Rywle yng nghefn ei feddwl chwaraeai'r syniad fod dreigiau'n bwysig i bobol y wlad hon hefyd. Os felly, yna dyma'u cynefin, meddyliodd. Hawdd dychmygu bod un neu ddwy'n llechu o hyd mewn ogofeydd i fyny'r llethrau.

Cododd goler ei gôt law fel petai'n gallu teimlo'u llygaid yn ei astudio o ganol y creigiau. Roedd Mei Ling wedi rhythu arno fel tasa fo'n rhywbeth tebyg i ddraig, cofiai. Neu fel tasa fo'n un o'r *Taotie* – angenfilod eraill o fytholeg ei wlad a hoffai wledda ar gnawd pobol. Rhywbeth i'w ofni ar bob cyfrif.

Edrychodd i fyny'n sydyn wrth i ddwy frân hedfan yn isel uwch ei ben gan grawcian ffraeo. Roedd gan un ohonyn nhw ddarn o rywbeth coch a gwaedlyd yn ei phig. Diflannodd y ddwy dros y creigiau, a thros y talpiau anferth o lechfeini a edrychai fel petaen nhw am orffen eu rhuthr i lawr i'r ffordd unrhyw funud.

Pan ddychwelodd i'r car a chynnau'r peiriant, roedd rhyw gryndod bychan yn rhedeg drwy'i law.

Penygwryd

Penderfynodd Mei Ling fynd am dro ar ôl ei chawod, gan adael pawb arall yn cysgu'n sownd. Teimlai'n ddireidus, rywsut, fel tasa hi'n hogan fach yn sleifio allan o ddosbarth ysgol. Disgwyliai glywed llais rhywun yn ei galw'n ôl unrhyw funud, neu'n ei holi i ble goblyn roedd hi'n meddwl ei bod yn mynd.

Ond ddaeth 'na 'run. Doedd dim i'w glywed ond sŵn y glaw mân yn crafu'r coed ac ambell frân yn crawcian, a sŵn ei thraed hi'i hun un ai'n sgweltsian drwy'r dail neu'n crinsian ar y cerrig mân. A'i ffroenau'n llawn o bersawr dieithr yr hydref, dilynodd lwybr troed a arweiniai i fyny o'r hostel nes i'r coed o'i chwmpas ddechrau teneuo, ac iddi gyrraedd at gamfa wedi'i gosod mewn clawdd cerrig. Gwelodd fod y llwybr yn arwain i fyny bryn bychan.

Pam lai? meddyliodd. Roedd hi'n mwynhau'r tawelwch a'r unigedd. Na, mwy na hynny – roedd hi fel petai hi'n meddwi arnyn nhw. Y hi na fu erioed, bron, allan o'r ddinas lle y'i maged, a phur anaml allan o'r gymuned glòs a myglyd lle'r oedd ei chartref.

Cyrhaeddodd ben y bryncyn, ei hwyneb yn llaith gan gusanau'r glaw a'i gwallt yn edrych fel petai'n llawn o we pryf cop arian. Sylweddolodd ei bod yn gwenu wrth edrych o'i chwmpas ar yr olygfa, yn gwenu am y tro cyntaf ers dyddiau lawer. Fuodd hi erioed mewn llecyn fel hwn o'r blaen, erioed mewn lle oedd mor uchel ac mor wyllt.

Er bod copaon y mynyddoedd o'i chwmpas i gyd o'r golwg y tu ôl i'r niwl, roedd y dyffryn ymhell oddi tani i'w weld yn weddol glir, ac wyneb y llyn yn edrych fel gwydr du.

Lle bydd y ffilmio'n digwydd, tybed? meddyliodd. Mae'n siŵr fod Wen yn gwbod – ond diolchodd nad oedd hi wedi meddwl am ddeffro'i ffrind a'i llusgo hi yma efo hi. Fasa Wen ddim wedi gwneud dim byd ond cwyno bob cam.

Gwyliodd dractor yn crwbanu ar hyd y ffordd i lawr tua'r dyffryn, â char yn ei ddilyn ac yn methu ei basio oherwydd culni'r ffordd droellog. Be mae car moethus fel hwnna'n ei wneud yma ben bore fel hyn? synfyfyriodd. Gallai ddeall pam oedd angen i'r ffermwr a'i dractor fod allan mor gynnar yn y dydd, ond . . .

O, Mei Ling, ti'm yn meddwl yn strêt, fe'i dwrdiodd ei hun. Mae'n siŵr fod y car yn perthyn i'r cwmni ffilmio. A phwy a ŵyr, efallai mai Gregory Peck ei hun oedd ynddo, wedi cael ei gludo yma o'i westy ar gyfer diwrnod o ffilmio.

Wrth iddi eu gwylio, daeth y tractor a'r car at le parcio llydan oedd â golygfeydd godidog dros y dyffryn. Gyrrodd y ffermwr yn ei flaen heibio iddo, ond trodd y car i mewn a pharcio. Hwyrach bod Mr Peck wedi gofyn am bum munud bach i fwynhau'r olygfa? Wedi'r cwbl, roedd yn wahanol iawn i Galiffornia, hyd y gwyddai Mei Ling.

Gwelodd ddrws y gyrrwr yn agor, a daeth rhywun allan o'r car gan danio sigarét yn syth a chodi coler ei gôt yn erbyn y glaw. Cerddodd at glwstwr o greigiau ym mhen pellaf y lle parcio. Safodd yno'n syllu ar yr olygfa, yna trodd a rhythu i fyny'r bryniau i'w chyfeiriad hi, yn union fel petai'n gwybod yn iawn ei bod hi yno ac yn chwilio amdani.

Ac wrth iddo droi, sylweddolodd Mei Ling pwy oedd o a throdd ei gwaed yn ddŵr oer yn ei gwythiennau.

17

Nant Gwynant

Gregory Peck . . . *The Big Country, Duel in the Sun, The Gunfighter, Yellow Sky, The Bravados, How the West Was Won.*

Un o'r ychydig bethau oedd gan Francis Yung yn gyffredin â'i dad y dyddiau hyn oedd ei gariad tuag at ffilmiau cowboi. Buasai Francis wrth ei fodd petai'n gwybod bod Li Chen Gao, taid Mei Ling, hefyd wedi'u mwynhau nhw. Neu efallai y buasai'r rhwystredigaeth yn rhy greulon, ar ôl yr holl weddïo am ffordd o glosio at yr hen ŵr.

Cawsai ei fagu arnynt, gan ddechrau â'r *serials* ar foreau Sadwrn yn y sinema leol gartref ym Manceinion: Hopalong Cassidy, Gene Autrey, Roy Rogers, yna arwyr y ffilmiau mawrion – John Wayne, wrth gwrs; Gary Cooper, Glenn Ford, Randolph Scott, James Stewart a Gregory Peck. Tan yn ddiweddar hefyd, cyn i ryw rwtsh am ysbïwyr a ballu gymryd eu lle, roedd y teledu'n frith o gyfresi cowboi: *Rawhide, Cheyenne, Laramie, Bronco, Tenderfoot, Gunsmoke, Wagon Train, Bonanza* . . .

Sut deimlad, tybed, fuasai cwrdd â Gregory Peck ei hun?

Yn sydyn, sylweddolodd nad oedd hynny'n wirion o amhosib. Roedd o yn yr ardal, wedi'r cwbl. Ac roedd y llecyn hwn cystal man ag unrhyw le – yn fwy felly o fod yn gilfach lydan efo digon o le i bobol barcio'u ceir a mwynhau'r olygfa o'u blaenau. Golygfa odidog, hyd yn oed ar ddiwrnod gwlyb a niwlog fel heddiw.

Dringodd o'r car, a mynd i sefyll wrth glawdd isel â ffens fechan ar ei phen. Taniodd sigarét cyn ei gywiro'i hun: roedd y tywydd yma'n *well*, yn gweddu'n well i'r dirwedd gyntefig, arw o'i gwmpas. Gadawodd i'w lygaid grwydro dros y creigiau a'r bryniau a'r mynyddoedd.

A meddyliodd Francis Yung: Dwi'n *hoffi*'r wlad fechan hon.

A deud y gwir, synnai ei fod yn meddwl y ffasiwn beth. Dyn y ddinas fuodd o erioed. Daethai ei deulu drosodd o Shanghai pan oedd Francis yn blentyn, gan ymgartrefu ym Manceinion. Lerpwl, wedyn, iddo fo – un ddinas ar ôl y llall. Rhywbeth yr oedd o'n gorfod teithio drwyddo wrth grwydro o ddinas i ddinas oedd cefn gwlad, rhywbeth y câi gip arno drwy ffenestri ceir a threnau. Caeau, gan amlaf; aceri digon undonog ac anniddorol, ag ambell goedwig fechan yn glwstwr tila o goed ar gorun ambell fryn isel.

Ond roedd y rhan yma o'r byd yn ei ysgwyd – yn ei swyno â'i harddwch creulon, ond ar yr un pryd yn ei ddychryn. Roedd y cyfan mor . . . mor . . . gyntefig, penderfynodd, ac roedd yr elfen honno'n siarad efo'i ysbryd.

Ymysgydwodd.

Nid ar wyliau yr oedd o wedi dod yma. Trodd oddi wrth yr olygfa ac edrych i'w chwith, yn ôl i fyny tuag at Benygwryd. Yno roedd yr hostel ieuenctid, lle roedden nhw – lle roedd *hi* – yn aros.

Byddai'n rhaid iddo ddweud wrthi am Tony Chow. Ond efallai ei bod hi'n gwybod amdano'n barod, fod rhywun wedi'u gweld fore ddoe yn mynd â fo i ffwrdd yn y car, a bod y rhywun hwnnw wedi bod ar y ffôn efo un o'r ecstras yma: mae'n rhaid bod teliffon yn yr hostel, a bod nifer ohonyn nhw wedi ffonio adref neithiwr.

Ond wedyn, doedd neb yn gwybod am yr hyn a ddigwyddodd ar ôl iddynt yrru i ffwrdd efo Tony Chow o'r fflat ysglyfaethus hwnnw mewn stryd gefn fudur a blêr – os yw ystafell fechan mewn tŷ a oedd, ynghyd â gweddill y stryd, o fewn dim i gael ei gondemnio yn haeddu cael ei galw'n 'fflat'.

Taniodd Francis sigarét arall wrth gofio bod Tony Chow

yn ei wely pan gyrhaeddon nhw. Y fo a Mickey Lo yn sefyll
uwch ei ben pan agorodd Tony ei lygaid, a meddwl – yn
llythrennol – ei fod yn cael breuddwyd cas. Gallai Francis
weld hynny ar ei wyneb – fel roedd o am eiliad neu ddau'n
trio'i ddeffro'i hun cyn sylweddoli ei *fod* o'n effro, a bod hyn
yn digwydd iddo go iawn. Roedd plastar mawr anferth dros
ei drwyn, ac roedd ei wyneb yn un clais hyll ar ôl i Francis
ei guro'r diwrnod cynt. Deallodd Tony fod ei fywyd, i bob
pwrpas, yn dirwyn i ben pan glywodd o Mickey Lo yn gofyn,
'Lle mae'r arian, Tony?'

Eisteddodd yn igian crio ar gornel y gwely wrth i Francis
chwilio drwy'r ystafell. Gwyddai, hyd yn oed petai'n rhoi pob
ceiniog yn ôl yn y fan a'r lle, a hynny gyda llog, na fyddai
hynny'n ddigon i Cheng Hu. Felly eisteddodd yno yn ei
drôns, yn crynu trwyddo ac yn crio'n ddistaw bach, nes i
Francis orffen chwilio ac ysgwyd ei ben ar Mickey Lo.

Gadawsant iddo wisgo amdano – gweithred a gymerodd
hydoedd gan fod ei ddwylo'n crynu cymaint. Yna i lawr y
grisiau ac allan o'r tŷ, ac yn syth i mewn i'r car, a'i wyneb yn
wyn fel blawd. Ond digwyddodd rhywbeth i Tony Chow yn
ystod y siwrnai fer i'r dociau. Llwyddodd i fagu rhyw rithyn
o ddewrder annisgwyl o rywle cudd yn nyfnderoedd ei galon
ac fe'u twyllodd – o do, fe'u twyllodd! – drwy wneud sŵn
crio a chymryd arno fod ei goesau'n rhoi oddi tano wrth
iddynt ei lusgo allan o'r car ar ôl cyrraedd y dociau.

Roeddynt mewn stryd oedd yn cynnwys dim byd ond un
warws ar ôl y llall. Pentref cyfan o warysau anferth, nifer
ohonynt yn perthyn i Cheng Hu a phob un yn uchel, a rhai
â grisiau yn dringo'u hochrau at y to. Cymerodd Tony Chow
arno weld rhywun y tu ôl i gefnau Francis a Mickey Lo.
'Help!' gwaeddodd. 'Can you help me, *please* . . . ?'

Trodd y ddau fel un, a throdd Tony'r ffordd arall gan redeg
nerth ei draed am risiau'r warws gyferbyn. Gwibiodd i fyny'r
grisiau at y to, ac erbyn i Francis ei ddilyn roedd o'n sefyll
ar silff isel a redai hyd ochrau'r to. Gallai weld y ddinas fawr

yn ymestyn i'r dwyrain oddi wrtho ac, o'i flaen, a'r tu ôl i'r warysau eraill, ddŵr llwyd-frown afon Mersi. Gwenodd ar Francis – ac ar Mickey hefyd, erbyn hynny. Cododd ei law, trodd ei gefn atynt, a neidio. Teimlai'r awyr wlyb yn rhuthro heibio'i wyneb, a chaeodd ei lygaid er mwyn croesawu'r tywyllwch a ruthrai i'w gofleidio.

Ofnai Francis y byddai Cheng Hu yn lloerig efo nhw. Ond roedd Mickey Lo a Cheng Hu wedi bod efo'i gilydd ers pan oeddynt yn blant yn Hong Kong. Nodiodd Cheng yn dawel wrth i Mickey egluro beth ddigwyddodd. Doedd dim dwywaith nad Tony Chow oedd y lleidr. Erbyn hynny, roedd ei gorff, yn ogystal â chyrff Mao Sung a Lien-Hua, wedi'i losgi'n ddiseremoni mewn amlosgfa a berthynai i Cheng Hu. Ond lle roedd yr arian? Trodd Cheng Hu at Francis. 'Dwi'n dallt ei fod o'n sniffian o gwmpas wyres Li Chen Gao.'

'Wel, mi *oedd* o . . .' llwyddodd Francis i'w ddweud, ond meddai Mickey Lo ar ei draws: 'Mei Ling.'

Nodiodd Francis, gan deimlo'n swp sâl. 'Ia, Mei Ling. Ond mae hi wedi dweud wrtho lle i fynd ers tro.'

'Fyddan ni ddim gwaeth na gofyn. Dwi'n siŵr na fydd ots ganddi i chi chwilio'r siop a'r fflat 'na sy ganddi,' meddai Cheng Hu. 'Dim ots o gwbwl, os nad oes ganddi rywbeth i'w guddio.'

Ond roedd y siop ar gau, a'r fflat dan glo. Cawsant wybod fod Mei Ling wedi mynd efo'i ffrind, Wen, i Gymru, i ymddangos fel ecstra mewn rhyw ffilm neu'i gilydd.

Edrychodd Cheng Hu ar Francis. 'Cer i gael gair efo hi, Francis Yung. Cer i ble bynnag ma hi. Jyst rhag ofn.'

Ia – jyst rhag ofn.

Ond rhag ofn be?

Dim byd, mwy na thebyg. Gwastraff amser oedd dŵad yr holl ffordd yma. Wedi'r cwbl, doedd Mei Ling ddim yn trio cuddio, nagoedd? A ph'run bynnag, roedd hi a Tony Chow ymhell o fod yn ddau gariad: roedd Francis wedi cadw llygad slei arni ddigon i wybod hynny. Pur anaml yr oedd

Tony wedi galw yn y siop ers marwolaeth Li Chen Gao. A dyna lle roedd o'r diwrnod o'r blaen yn ymosod arni'n gïaidd: doedd wybod be fyddai wedi'i wneud iddi pe na bai o, Francis, wedi'i rwystro.

Na, go brin fod Mei Ling yn gwybod unrhyw beth. Dim ond Tony Chow a wyddai lle roedd yr arian, ac roedd wedi mynd â'r wybodaeth efo fo i'w malu'n deilchion pan neidiodd oddi ar y to. A gwyddai Francis nad oedd Cheng Hu'n poeni cymaint â hynny am yr arian. Doedd deng mil ddim yma nac acw iddo fo. Yr hyn oedd yn bwysig oedd fod 'na wers i'w dysgu i rywun. Byddai absenoldeb amlwg Mao Sung, Lien-Hua a Tony Chow o'r gymuned yn tanlinellu'r wers honno.

Eto, roedd Francis Yung yn gyndyn o adael y llecyn hwn, er gwaetha'r glaw mân a sgubai i fyny ato o'r dyffryn, ac er gwaetha'r niwl a lithrai'n is ac yn is i lawr y llethrau tuag ato – yn gyndyn o ddychwelyd i'w gar a gyrru draw i'r hostel ieuenctid lle roedd Mei Ling.

Gwyddai pam hefyd.

Byddai ei bresenoldeb annisgwyl yn ei dychryn.

Ac unwaith eto, byddai'r llygaid duon bendigedig rheiny'n llenwi ag ofn a dicter.

* * *

Meddyliai Mei Ling yn sicr fod Francis Yung wedi'i gweld, ac wedi rhythu reit i fyw ei llygaid. Ond roedd hynny'n amhosib, siŵr: buasai'n wyrth petai o wedi gallu'i gweld hi, a hithau ymhell i fyny ar ben y bryn, a'r niwl a'r glaw mân fel llen lwyd rhyngddyn nhw.

Serch hynny, teimlodd ei chalon yn rhoi naid, a bu'n rhaid iddi frwydro yn erbyn y cymhelliad cryf i wneud twll iddi'i hun yn y ddaear a'i chladdu'i hun ynddo o'i olwg. Fel roedd hi, fe'i cafodd ei hun yn cropian tuag yn ôl o ochr y bryn, fwy neu lai yn ei chwman. Dim ond ar ôl cyrraedd cysgod craig fawr y mentrodd ymsythu.

Erbyn hynny, teimlai'n swp sâl. Ceisiodd ddweud wrthi'i

hun nad yma o'i herwydd hi yr oedd Francis Yung.
Rhywbeth oedd i'w wneud ag un o'r lleill oedd wedi'i ddenu
yma – rhywun arall oedd ar y bws . . .

Mentrodd sbecian eto dros ochr y bryn, mewn pryd i weld
y car yn gadael y lle parcio ac yn troi i'r chwith i fyny'r allt.
Roedd yn amlwg iddi i ble roedd o'n mynd: i'r hostel, i
chwilio amdani hi.

Be ydw i'n mynd i'w neud? meddyliodd.

Swatiodd yn erbyn gwaelod y graig wrth i'r dagrau lifo
o'i llygaid.

Doedd hi erioed wedi teimlo mor unig. Mor uffernol o
unig.

18

Nant Gwynant i Benygwryd

Glaw mân yma eto fyth, yn ymuno efo'r niwl a lifai i lawr o'r creigiau wrth iddyn nhw ddringo'n uwch. 'Fydd 'na ddim ffilmio yn hwn,' meddai Dewi.

'Ti'n meddwl?'

'Dwi'n deud wrthach chdi.'

Niwl trwchus ym Mhenygwryd. Parciodd Dewi'r hers a mynd i mewn i'r dafarn. Daeth yn ei ôl allan ymhen llai na phum munud. 'Ffwcin typical.'

'Be?'

Gwgodd drwy'r ffenest flaen. 'Nacdyn, dydyn nhw ddim yn ffilmio heddiw. Mi ofynnis i i'r barman sud oedd 'i dallt hi am gael bod yn ecstras. "Dwi'm yn meddwl bod chdi'n cwaliffeid, boi," medda fo, yn piso chwerthin. "Be ti'n feddwl?" medda finna. "Bratha dy ben i mewn i'r lownj, ac mi ddallti di."

'Ia,' meddai Meirion. 'Wel?'

'Roedd y lle'n llawn dop o Jeinîs.'

'Be?'

'*Tsieinîs*, Mei. Fatha hwn, yli . . .'

Roedd Tsieinead mewn siwt ddrud yn dringo allan o Rover drutach oedd newydd droi i mewn i'r lle parcio. Safodd y dyn yn syllu ar yr hers.

'Ti isio ffwcin llun, cwd?' meddai Dewi.

'Ma'n gneud sens, ma'n siŵr, os ydi'r ffilm 'ma wedi'i gosod yn Tsieina,' meddai Meirion.

'Ffwcin hel, ar be ma'r brych 'ma'n sbio, d'wad? Dio rioed 'di gweld hers o'r blaen?'

Edrychodd Meirion allan eto. "Swn i'm yn leicio dŵad ar 'i draws o ar noson dywyll . . .'

'Mmm . . . Yli, mae o'n dal i sbio arnon ni.'

'Ella mai rhyw brodiwsar neu rwbath ydi o, efo'r ffilm 'ma. Trio meddwl ydi o wedi ordro hers ar gyfar rhyw olygfa neu'i gilydd ella.'

'Ti'n meddwl?'

'Ella. Jyst deud ydw i.'

Trodd y Tsieinead yn sydyn a mynd i mewn i'r dafarn. 'Mae o'n lwcus. O'n i ar fin mynd allan i roid stid iddo fo efo *karate chops.*'

'Japanîs ydi *karate*, Stiffs.'

'Ia, be bynnag, Duw . . .' Cychwynnodd yr injian. 'Lle'r awn ni, Mei?'

'Adra, ia?'

Llygadodd Dewi'r bag bwyd. 'Stopian ni am banad i lawr y ffordd, ia? Bechod wastio'r brechdana ham 'ma.'

Porthmadog

Be fasa wedi digwydd tasa fo wedi deud wrth Dewi: 'Duwch, naci – awn ni'n syth adra'?

Dim byd, dyna be. Cyrraedd adref, cael ei ddadlwytho, a gwrando ar *Music from Big Pink* – record newydd nad oedd o wedi cael y cyfle i wrando arni ryw lawer eto gan The Band, grŵp newydd a fu ar un adeg yn cyfeilio i Bob Dylan a Ronnie Hawkins. Pedigri gwych os bu un erioed. 'They say everything can be replaced, they say every distance is not near / So I remember every face of every man who put me here . . .' Pendwmpian nes i'w fam daro'i phen i mewn ar ei ffordd i'r capel. Doedd 'run o'r tri'n gallu pasio drws y parlwr heb frathu'u pennau i mewn – ddim eto, beth bynnag. Hwyrach, ymhen rhyw flwyddyn . . .

'Any day now, any day now, I shall be released . . .'

Swper, wedyn teledu. Billy Cotton, *The Avengers*. Haws o lawer iddo oedd bod yn ei wely erbyn i'r rheiny orffen; haws o lawer i bawb arall hefyd. Roedd y parlwr wedi'i addasu ar ei gyfer, ond deuai rhywun i mewn fwy nag unwaith i ofalu bod popeth roedd eu hangen arno o fewn ei gyrraedd. Nes iddyn nhw weld fod golau ei lamp wedi'i ddiffodd am y nos.

* * *

Na, fasa dim byd arbennig wedi digwydd. Nid iddo fo, Meirion, beth bynnag.

Ac i fyny yn ei lofft, dyna ble roedd Mei Ling yn meddwl tybed be fasa wedi digwydd iddi hi. Mor lwcus y buo *hi* . . .

Hwyrach fod Kuan Yin wedi ymarfer ei hud wedi'r cwbwl.

'Lwcus, lwcus,' fel basa Tony Chow wedi'i ddeud.

Cydiodd yn y crogdlws arenfaen a'i astudio'n iawn am y tro cyntaf.

Nant Gwynant

Y tywydd ddaeth â Mei Ling ati'i hun rhyw gymaint. Doedd ganddi ddim clem faint o amser oedd wedi mynd heibio ers iddi swatio gyntaf yng nghysgod y graig.

Cododd ar ei thraed, a sylweddoli bod ei dillad yn wlyb socian. Ar ben hynny, roedd y glaw wedi troi'n niwl trwchus. Prin y gallai weld ymhellach na llathen neu ddwy i unrhyw gyfeiriad.

Dechreuodd grynu. Doedd hi erioed wedi profi niwl tebyg i hwn o'r blaen. Roedd o fel bysedd oerion, gwlyb yn treiddio trwy'i dillad i anwesu'i chnawd a'i hesgyrn, ac yn gwneud ei orau i'w mygu drwy ymwthio i mewn i'w cheg ac i fyny'i ffroenau.

Ddylwn i ddim bod yma, meddyliodd. Dwi ddim yn perthyn mewn lle fel hwn, dwi ddim *i fod* yma.

A does gen i ddim syniad sut i fynd o'ma.

Trodd yn ei hunfan. Ble roedd y llwybr a'i harweiniodd yma yn y lle cyntaf? Oedd y graig ar ei hochr dde, neu'i hochr chwith? Beth petai hi'n dewis y cyfeiriad anghywir, ac yn crwydro dros ochr y bryn?

Clywodd rywun yn pesychu'r tu ôl iddi. Trodd yn wyllt gan wneud ei gorau i graffu drwy'r llwydni llaith o'i chwmpas.

Daeth y pesychiad eto, yn nes y tro hwn. Yna gwelodd siâp rhywbeth yn symud ychydig o droedfeddi oddi wrthi – rhywbeth isel, ar bedair coes.

Dafad.

Dechreuodd symud yn ofalus ar ôl y ddafad – neu o leiaf i'r un cyfeiriad, gobeithiai i'r nefoedd. Edrychodd yn ôl dros ei hysgwydd ar ôl ychydig a gweld fod y graig – ei chraig hi – wedi diflannu.

Cerddodd yn ei blaen gan gymryd camau byrion, araf. Ymhen ychydig, fe'i teimlodd ei hun yn dechrau cerdded i lawr llethr yn hytrach nag ar y gwastad. Gweddïai nad oedd y llethr yn arwain at wefus rhyw ddibyn neu'i gilydd – na fyddai'n troi'n serth yn annisgwyl, gan ei bwrw'n bendramwnwgl i ebargofiant – ond daliai'r tir i fod yn weddol lyfn, ac ar ôl rhyw chwarter awr dechreuodd y niwl deneuo. Gallai weld ymhellach o'i chwmpas, ac ymhen llai na munud gallai weld y dyffryn a'r llyn.

Temlai fel bloeddio'n uchel, ond bodlonodd ar wenu a chamu ychydig yn fwy hyderus. Dechreuodd feddwl am gawod gynnes yn yr hostel a'r cyfle i newid i ddillad sych. A bwyd: doedd hi ddim wedi bwyta ers amser swper neithiwr.

Ond safodd yn stond pan gofiodd fod Francis Yung fwy na thebyg yn aros amdani yn yr hostel. Edrychodd yn ôl dros ei hysgwydd, i fyny'r llechwedd. O leiaf ro'n i'n ddiogel tu mewn i'r niwl yna, meddyliodd. Wrth droi'n ei hôl ac edrych i lawr, gwelodd fod y niwl wedi teneuo digon iddi fedru gweld y ffordd fawr.

Ac os oedd hi'n gallu gweld y ffordd, yna byddai pwy bynnag oedd ar y ffordd yn gallu'i gweld hithau . . .

Llithrodd ei thraed ar y glaswellt byr, gwlyb. Aeth ar ei

hyd, ar ei chefn, gan deimlo poen creulon yn ei brathu wrth iddi syrthio ar garreg finiog. Ceisiodd sgrialu'n ôl ar ei thraed ond gwrthodai ei hesgidiau â chaniatáu hynny. Syrthiodd eilwaith, a'r tro hwn dechreuodd rowlio i lawr ochr y bryn, ei bysedd yn crafu'n wyllt ar wyneb y ddaear ond methai'n glir ei hatal ei hun rhag cyflymu a chyflymu, nes i'r ddaear ddiflannu'n gyfan gwbl oddi tani. Fe'i teimlodd ei hun yn hedfan, bron, ond yr eiliad nesaf trawodd y ddaear yn galed gan daro'i thalcen yn erbyn carreg fawr.

A theimlo dim byd arall . . .

19

Penygwryd

Roedd yr hostel yn wag pan gyrhaeddodd o. Rhesi o welyau twt, fel baracs rhyw fyddin daclus. Ond pa un oedd ei gwely hi? Cerddodd i fyny ac i lawr rhwng y rhesi. Amhosib oedd dweud, ac roedd yn falch o hynny. Fel arall, byddai wedi gorfod chwilio drwy'i bag, a doedd arno ddim eisiau gwneud hynny – ddim iddi hi.

Safodd yn y drws i danio sigarét arall. Doedd bosib eu bod nhw'n ffilmio heddiw mewn goleuni mor wan. Gwyliodd y glaw'n sgubo i lawr o'r mynyddoedd. Hoffwn fod yma yn y gwanwyn, meddyliodd. Neu ddiwedd y gwanwyn a dechrau'r haf, pan fydd y coed yma i gyd yn dew gan ddail, a'r llwyni rhododendron yn borffor i gyd a'u persawr yn llenwi'r aer.

Yn y gegin cafodd wybod gan ddwy ddynes leol ei fod o'n iawn – roedd y ffilmio wedi'i ganslo. 'Neu wedi'i ohirio, o leia,' meddai un ohonyn nhw.

'Na, wedi'i ganslo,' meddai'r llall yn bendant. 'Ma'r glaw 'ma wedi cau am y dydd.'

Roedd yr ecstras, deallodd, wedi mynd i'r dafarn am goffi. Dychwelodd i'w gar a gyrru'n ôl at y ffordd fawr; roedd o wedi pasio'r dafarn ar ei ffordd i fyny. Parciodd y car a gweld bod car arall yno'n barod. Hers fawr ddu.

Daeth allan o'r car a rhythu arni. Rhywbeth i'w wneud efo'r ffilmio, efallai? Roedd dau ddyn yn eistedd y tu mewn iddi'n rhythu'n ôl arno, un ohonyn nhw i'w weld yn greadur blewog ar y naw. Safodd yno'n syllu ar yr hers am rai eiliadau, heb fod yn siŵr iawn pam. Oherwydd nad oedd hi fel petai hi'n perthyn yma, mae'n siŵr.

Sylweddolodd fod y gyrrwr yn syllu'n ôl arno. Trodd am y dafarn. Wrth iddo gamu i mewn drwy'r drws, byrlymai'r Gantoneg tuag ato fel ci hoffus yn ei groesawu adref, ond tawodd fesul tipyn wrth i'r yfwyr sylweddoli ei fod o yno, yn y drws, fel prifathro yn nrws dosbarth llawn o blant swnllyd oedd wedi'u caethiwo yno gan y tywydd gwlyb. Crwydrodd ei lygaid dros yr holl wynebau, nifer ohonynt yn gyfarwydd. Nifer, hefyd, yn gwgu arno, yn amlwg yn casáu'r ffaith ei fod o yno – ei fod o wedi dod â Lerpwl yma efo fo. Roedd y ffaith eu bod nhw oddi cartref, allan o'r gymuned, wedi'u llenwi â hyder newydd. Fel petaent yn meddwl: *Un peth ydi rheoli'n bywydau ni o fewn y gymuned, ond sgynnoch chi'm hawl i'n bwlio ni yn fama.*

Yna gwelodd hi'n eistedd a'i chefn ato, yr unig un a eisteddai felly. Dychmygodd Francis iddi ei weld yn ymddangos yn y drws ac yna troi'n sydyn cyn i'w lygaid ei chyrraedd, yn gwgu tuag at y bwrdd gan weddïo y byddai o wedi mynd cyn iddi hi droi'n ei hôl.

'Mei Ling . . .?'

Gwyliodd y cefn yn tynhau cyn iddi edrych i'w gyfeiriad, a brathodd Francis Yung ei wefus isaf. Na, nid Mei Ling, ond ei ffrind, Wen. Roeddynt mor debyg . . . Yna cofiodd fod Mei Ling wedi torri'i gwallt – y gwallt gogoneddus hwnnw y bu'n breuddwydio cymaint am gladdu'i wyneb yn ei ganol.

'Wen,' meddai, cyn troi a mynd at ddrws ffrynt y dafarn gan wybod y byddai hi'n ei ddilyn. Taniodd sigarét arall a sylwi bod yr hers wedi mynd.

'Be w't *ti* isio yma, Francis Yung?'

Edrychodd yntau arni nes iddi golli'r hyder newydd hwn a'i gwnaeth yn ddigon dewr i'w gyfarch fel tasa fo'n faw.

'Mei Ling,' meddai wrthi, ac ysgydwodd Wen ei phen a dweud:

'Dwi'm yn gwbod lle'r aeth hi.'

Nant Gwynant

Un gymharol newydd oedd y gilfach, wedi'i thorri i mewn i lethr y bryn ar ochr chwith y ffordd. Roedd ffos weddol ddofn rhwng gwaelod y bryn a'r lle parcio ei hun, â rhyw fodfedd o ddŵr yn ei waelod.

Trodd Dewi'r hers i mewn i'r gilfach a diffodd yr injian. 'Reit. Dwn 'im amdanat ti, yndê, ond os na ga i smôc o fewn y pum munud nesa, glaw neu beidio, dwi'n debygol o droi'n *werewolf*.'

'A finna.'

'Ma hi'n wlyb, cofia.'

'Wn i. Dim ots. Dwi'n gasbio, achan. Ac os wyt ti'n meddwl 'mod i am ista fel llo yn yr hers yma yn dy watsiad di'n smocio fel stemar . . .'

Doedd neb yn cael smocio y tu mewn i'r hers: mi fasa tad Dewi'n mynd yn lloerig efo nhw, ac roedd ganddo fo drwyn fel ci hela. Agorodd Dewi'r drws mawr ar y cefn, tynnu cadair olwyn Meirion allan a'i gosod i sefyll wrth y drws blaen. Yna helpodd Meirion allan o'r hers ac i mewn i'r gadair.

'Taswn i ddim wedi arfar cludo eirch mi fasat ti'n styc,' meddai, ar ôl cael ei wynt ato. 'Ti'n iawn?'

Nodiodd Meirion wrth danio. 'Yndw, rŵan. Aaaahhhh . . .!' Chwythodd fwg yn fodlon.

Gyrrodd y Rover heibio i'r gilfach. 'Roedd gynno fo fodan efo fo rŵan,' sylwodd Dewi. 'Bastad lwcus . . .' Trodd at Meirion. 'Atgoffa fi i beidio â mynd i weld y ffilm yma os daw hi i'r Coliseum. Dwi'm isio talu 'mhres 'mond i weld y cotsyn yna'n gwgu arna i o'r sgrin . . .'

Torrodd Meirion ar ei draws. 'Glywist ti hynna?'

'Be?'

'Dwi'm yn siŵr . . . rhyw sŵn . . .'

'Wel ia, wnes i gasglu cymint â hynny . . .'

'*Shisht*, Stiffs!'

Clustfeiniodd y ddau.

'Ga i siarad rŵan?' sibrydodd Dewi.

'Be tisio?'

'Am be dwi fod i wrando?'

* * *

Meddyliodd ei bod yn gorwedd mewn bedd. Yn sicr, roedd hi mewn twll yn y ddaear, twll ac ochrau serth iddo, wedi'u ffurfio o bridd a cherrig o bob math.

Bedd agored, oherwydd gallai weld yr awyr lwyd uwch ei phen, ac roedd y glaw yn disgyn ar ei hwyneb. Ceisiodd eistedd i fyny, ond protestiodd ei chorff o'i chorun i'w sawdl. Yn enwedig ei chorun. Cododd ei bysedd yn ofalus a theimlo'r gwlybaniaeth sticï ar ei thalcen. Sylweddolodd fod blaenau'i bysedd yn goch gan waed.

Yn raddol, daeth yn ymwybodol o synau'n dod o rywle. Sŵn injian car yn diffodd a drysau'n agor a chau, a rhywbeth metelaidd yn clancian.

Lleisiau, hefyd.

Lleisiau dynion.

Ond doedd hi ddim yn gallu deall yr un gair. Dynion y fynwent, efallai, y torwyr beddau. Ond na, roedd hi'n dal yn fyw: dim ond y byw sy'n gallu teimlo poen. Ac nid mewn bedd roedd hi, sylweddolodd, ond mewn ffos o ryw fath.

Llwyddodd i godi ar ei heistedd. Roedd ei dillad yn fŵd i gyd a'i phen yn bowndian fel petai rhywun yn ei waldio â morthwyl pren. Clywodd rywun yn griddfan, a sylweddoli mai hi'i hun oedd wrthi.

Brwydrodd i'w gliniau a chrafangu am ymyl y ffos.

* * *

'Glywist ti *hynna* 'ta?' meddai Meirion.

Oedd, roedd Dewi wedi clywed y sŵn y tro 'ma. Sŵn griddfan – yn dod o'r ffos y tu ôl iddyn nhw. Trodd a rhythu i'w gyfeiriad. Roedd rhywbeth iasol, bron yn arallfydol, ynghylch y sŵn, yn enwedig allan yma yn y niwl fel hyn.

Fe welon nhw ddwy law'n crafangu allan o'r ffos, a

104

rhywbeth yn dringo allan o'r ddaear. Rhyw greadur o fyd chwedloniaeth, neu o ffilm neu stori arswyd, efallai; rhyw ellyll ffiaidd a gawsai ei gaethiwo yng nghrombil y ddaear gan Myrddin neu ryw ddewin tebyg iddo, ond a oedd heddiw – heddiw, o bob diwrnod, pan oedden nhw'n digwydd bod reit wrth ei ymyl – wedi llwyddo i grafangu neu i gnoi ei ffordd yn rhydd.

Ymlusgodd allan o'r ffos ar ei fol, ac yna cododd ei ben a syllu arnyn nhw.

*　*　*

A hithau ddim ond newydd benderfynu nad mewn bedd yr oedd hi wedi'r cwbl, y peth cyntaf a welodd Mei Ling, ar ôl bustachu allan o'r ffos a chodi'i phen, oedd hers. Caeodd ei llygaid yn dynn a'u hagor eto. Na, roedd yr hers yn dal yno, ac roedd dau ddyn wrth ei hochr, un yn dal ac yn denau a'r llall yn gorrach blewog a thew, meddyliodd i ddechrau, cyn sylweddoli mai eistedd yr oedd o.

Ai pethau fel hyn fyddai'n ei thywys drosodd i'r Ochor Draw?

Yna gwaeddodd yr un blewog wrth i Mei Ling ddechrau llithro'n ei hôl i mewn i'r ffos. Llamodd yr un tal a main ati, cydio yn ei harddyrnau a'i thynnu'n ôl allan. Dwylo cryfion, sylwodd Mei Ling, cyn i'w chorff tyner brotestio'n boenus. Teimlodd ei phen yn troi a chaeodd ei llygaid.

20

Penygwryd i Nant Gwynant

Pan gyrhaeddon nhw'r hostel, aeth Wen yn syth at ei gwely ac eistedd arno. Sylweddolodd fod Francis Yung wedi aros iddi wneud hynny pan anelodd o am y gwely'r drws nesaf iddi. 'Mei Ling?' Nodiodd Wen. Damia.

Cydiodd Francis Yung ym mag Mei Ling, petruso, a'i roi i Wen. 'Tynna bopeth allan, wnei di, plis? Popeth.'

Edrychodd Wen arno, yna trodd at y bag a dechrau ei wagio: dillad isaf, siwmper gynnes, tywel, bag ymolchi, colur, trowsus sbâr.

'Dim arian? Dim pwrs?'

Ysgydwodd Wen ei phen. 'Dyna'r cwbwl.'

Syllodd Francis Yung ar y pentwr bychan am rai eiliadau, yna nodiodd. 'Diolch.'

Wrth i Wen ail-lwytho'r bag, meddai wrthi: 'Tony Chow.' Gwyliodd am ei hymateb, ond y cwbl a wnaeth Wen oedd tynnu ystumiau.

'Be amdano fo?'

'Y fo a Mei Ling . . .'

Edrychodd Wen i fyny. Ysgydwodd ei phen yn bendant. 'Na. Fuodd erioed fawr o ddim byd rhyngddyn nhw. Y fo oedd wedi cael hynny i'w ben. *Wishful thinking*. Teimlo drosto fo roedd hi, dyna'r cwbwl.'

'Fe wnaeth o ymosod arni'r diwrnod o'r blaen.'

'Do, am ei bod hi wedi dweud wrtho fo lle i fynd. Nid am y tro cyntaf, chwaith. Doedd o jyst ddim yn gwrando – ddim isio gwrando. Ac roedd o allan o'i ben ar ryw gyffur neu'i gilydd hanner yr amser.' Gorffennodd lenwi'r bag a'i wthio'n ôl ar draws y gwely. 'Pam?'

Petrusodd Francis Yung. Faint ddylai o ei ddweud wrth hon? Cyn lleied â phosib, penderfynodd. Yn hytrach, holodd hi am Mei Ling. Doedd Wen ddim wedi'i gweld ers iddyn nhw noswylio neithiwr, meddai: pan ddeffrodd hi heddiw, doedd dim golwg o Mei Ling, ond roedd ei thywel yn sychu ar y gwresogydd a rhyw fymryn yn wlyb o hyd. 'Felly mae'n rhaid ei bod hi wedi cael cawod,' gorffennodd. 'Ac ma hi wedi hen arfer codi'n gynnar, efo'r siop.'

Ceisiodd Francis Yung ei berswadio'i hun nad oedd absenoldeb Mei Ling yn golygu unrhyw euogrwydd . . . a deuai hyn ag ef yn ôl at Tony Chow. Ochneidiodd. Deuai popeth yn ôl at y brych hwnnw, meddyliodd. Roedd Wen yn syllu arno, ac fel petai hi wedi darllen ei feddwl, meddai: 'Tony Chow.'

Edrychodd Francis arni.

'Be bynnag ma'r idiot hwnnw wedi'i wneud – ac ma gen i syniad be; dwi ddim yn ffŵl, Francis Yung – yna does a wnelo fo affliw o ddim byd â Mei Ling. Mi fedri di fynd yn ôl i Lerpwl a dweud wrth Cheng Hu hefo dy law ar dy galon.'

'Lle ma hi, 'ta?'

Llithrodd llygaid Wen heibio iddo at y drws agored. Roedd y glaw bellach yn disgyn yn drymach. Gwelodd yntau gysgod yn hedfan dros ei hwyneb. 'Dwi'm yn gwbod,' meddai. 'I fod allan yn y tywydd yma . . . yn y lle yma . . .' Edrychodd i fyny eto ar Francis Yung a chafodd hwnnw drafferth i beidio ag edrych i ffwrdd: dau lygad du arall yn ymbil arno.

'Ddylem ni fynd i chwilio amdani,' meddai. 'Dwyt ti ddim yn meddwl?'

Ond yn y car, ac wedyn uwchben y dyffryn lle bu Francis Yung yn mwynhau ei smôc yn gynharach, doedd hynny ddim yn edrych yn dasg mor hawdd. Torcalonnus, os rhywbeth, yn y glaw a'r niwl. Lapiodd Wen ei breichiau amdani'i hun a chrynu wrth i'w llygaid grwydro dros y creigiau. Ni welai hi, hogan y ddinas i'w henaid, unrhyw harddwch yn hagrwch y mynyddoedd hyn. 'Be os ydi hi wedi llithro ac wedi syrthio yn rhywle . . .?' meddai fwy nag unwaith. Roedd Mei Ling, fel nhw'u dau, allan o'i helfen yma.

Gyrrodd Francis i fyny ac i lawr y ffordd, i Feddgelert ac yn ôl i fyny i Benygwryd. Meddyliodd am yr arswyd cyntefig a ddaethai drosto pan arhosodd gyntaf ym Mwlch Llanberis, ac erbyn hyn roedd pryder Wen yn ei anesmwytho yntau. Mewn cilfach ar ochr chwith y ffordd, tua hanner ffordd i lawr, roedd yr hers fawr ddu a welsai Francis Yung y tu allan i'r dafarn yn gynharach. Roedd y ddau ddyn a welsai y tu mewn iddi'n edrych fel tasan nhw'n mwynhau picnic. Wrth yrru heibio i'r hers am yr ail waith, gwnaeth ei benderfyniad.

'Fyddan ni ddim gwaeth na gofyn,' meddai wrth Wen.

* * *

'Hogan ydi hi.'

'Blydi hel, Stiffs! O lle dda'th hi?'

'Tsieina, 'swn i'n deud.'

'Dwi'n gallu gweld hynny, ffor ffyc's sêc.' Edrychodd Meirion i fyny'r bryn. 'Ma'n rhaid 'i bod hi wedi llithro i lawr o fan'na, jyst cyn i ni gyrradd yma. Ma hi'n . . . ma hi'n ocê, yn dydi? Ysti – ma hi'n fyw?'

'Dwi'm yn gwbod . . .'

'Blydi hel, Stiffs – chdi ydi'r ecspyrt, i fod.'

Dechreuodd Dewi osod ei law ar fron yr eneth er mwyn teimlo am guriad ei chalon, ond sylweddolodd beth roedd o ar fin ei wneud a chipiodd hi'n ôl fel tasa'r eneth yn chwilboeth. Yn hytrach, gwyrodd nes bod ei glust reit wrth ei cheg. Teimlodd ei hanadl yn ei gosi.

'Yndi, ma hi'n fyw.'

Roedd Dewi yn ei gwrcwd wrth ei hochr ac wedi gosod ei fraich o dan ei phen.

'Sbia golwg arni, y beth bach. Ma hi 'di brifo'i phen 'fyd.' Plygodd Meirion ymlaen yn ei gadair, a dechrau sychu'r mŵd a'r gwaed oddi ar wyneb yr eneth efo'i hances boced.

Agorodd Mei Ling ei llygaid mewn braw.

'Ma'n iawn, pwt – ti'n iawn rŵan . . .' meddai Meirion.

Ddeallodd hi 'run gair, wrth gwrs, ond roedd rhywbeth am y llais tawel, tyner a ddywedai wrthi nad oedd ei berchen yn bwriadu gwneud unrhyw niwed iddi. A'i lygaid brown, hefyd, fel llygaid carw neu gi addfwyn, meddyliodd, a'r wên fach ansicr a wenai arni wrth sychu'i hwyneb.

'Ella'i bod hi'n dallt Susnag,' meddai Dewi. Roedd o'n sibrwd, Duw a ŵyr pam.

'It's all right . . .' meddai Meirion, a gwelodd oddi wrth lygaid y ferch ei bod wedi'i ddallt. Gwenodd arni eto. 'You fell, but it's all right, we'll take you to a doctor . . .'

Ysgydwodd Mei Ling ei phen, a difaru'n syth.

'No . . . no doctor.'

Gwingodd wrth godi ar ei heistedd, er iddi deimlo'r lle yn dechrau troi unwaith eto. Anadlodd yn ddwfn â'i phen i lawr am funud, cyn ymsythu'n araf.

Roedd y ddau ddyn yn rhythu arni, fel tasan nhw'n rhythu ar ryw anifail bach dieithr oedd am wneud campau unrhyw funud. Ymdrechodd hithau i wenu. Roedd yr un blewog mewn cadair olwyn, sylwodd.

'I'm *okay* . . .' meddai wrthyn nhw – ac edrychodd y ddau ar ei gilydd, yn amlwg yn amau hyn.

Roedd hi'n bell o fod yn iawn, gwyddai hynny ei hun, ond y peth olaf oedd arni'i eisiau oedd cael ei chludo i ryw feddygfa neu'i gilydd. Byddai'r meddyg ar y ffôn yn syth efo'r cwmni ffilmio, a chyn bo hir byddai pawb yn gwybod lle roedd hi.

Pawb.

Felly ymdrechodd i sefyll, gan gydio ym mraich dde yr un main a braich chwith yr un yn y gadair olwyn. Ymsythodd yn simsan, a phan lwyddodd i sefyll heb gymorth y ddwy fraich, teimlai y dylai ganu 'Ta-raaa!' a ffugfoesymgrymu o'u blaenau.

'Ma hi'n bell o fod yn iawn, os ti'n gofyn i mi,' meddai Meirion yn dawel.

'Wn i. Ond fedran ni ddim *gneud* iddi fynd i weld doctor,' atebodd Dewi.

Gwyliodd y ddau Mei Ling yn igam-ogamu at yr hers, ac yn plygu ychydig er mwyn astudio'i hwyneb yn nrych y drws.

'Be 'nawn ni efo hi, 'ta? Mynd â hi'n ôl at y lleill ym Mhenygwryd?'

'Dwn 'im . . .' Gwelodd Meirion fel roedd yn rhaid i'r eneth bwyso yn erbyn yr hers ar ôl ymsythu wrth y drws. Gwthiodd ei hun tuag ati a chyffwrdd â'i braich.

'Come on, sit down,' meddai wrthi.

Agorodd ddrws yr hers a'i helpu i eistedd ar ochr y sedd flaen, ei choesau allan a'i thraed ar y ddaear. Gwenodd hithau arno'n ddiolchgar.

'I'll be okay, honest. I just need a minute . . .'

'Hei! Be uffar ti'n feddwl ti'n neud?!' Roedd Dewi'n rhythu arnyn nhw fel tasan nhw wedi dechrau cnychu reit o'i flaen.

'Be sy?'

'Sbia budur ydi hi – mi eith Dad yn boncyrs! Ma hi'n wlyb socian ac yn fŵd o'i chorun i'w sawdl, heb sôn am y ffaith 'i bod hi'n piso gwaedu.'

'Chwara teg – ma'r hogan wedi cael hymdingar o godwm.' Rhoddodd Meirion ei hances i Mei Ling, cyn plygu ymlaen yn ei gadair a chodi'r bag oddi ar lawr yr hers. Tynnodd y fflasg Thermos ohono a thollti paned iddi.

Teimlodd Mei Ling ei llygaid yn llenwi â dagrau. Roedd y caredigrwydd bach syml hwn, ar ôl holl ddigwyddiadau'r dyddiau diwethaf, bron yn ormod iddi.

'Coffi,' meddai'r dyn blewog wrthi. Dyn ifanc hefyd, gwelodd yn awr: roedd ei locsyn a'i wallt hir, a'r ffaith ei fod yn reit lydan o gorff, wedi gwneud iddo edrych fel rhywun llawer hŷn ar yr olwg gyntaf.

Cymerodd y cwpan oddi arno gan wenu'n ddiolchgar.

Roedd arogl y coffi'n fendigedig, ac ochneidiodd yn uchel wrth i'w felystra cynnes lifo trwy'i chorff. Mwy o garedigrwydd wedyn pan dynnodd y dyn ifanc frechdanau o'r bag a'u cynnig iddi.

'Ddim y rhei ham,' sibrydodd Dewi yn ei glust.

'Stiffs . . .'

'Jyst meddwl. Ella'i bod hi'n un o'r fejitêrians 'ma? Na, ocê. Sorri . . .'

Teimlai Mei Ling yn well gyda phob llwnc o'r coffi a phob cegiad o'i brechdan. Ni chredai iddi erioed fwyta unrhyw beth mwy blasus. Diflannodd y frechdan gyntaf ymhen chwinciad, a chynigiodd y dyn blewog un arall iddi.

'Thank you . . .'

Cymerodd un arall o'r rhei cig: cig da oedd o hefyd, nid wedi'i sleisio'n denau ond mewn darnau trwchus, hallt. Sylwodd ar y dyn main yn troi i ffwrdd fel petai mewn poen.

Yna clywodd sŵn car yn nesáu, ac yn y drych fe'i gwelodd o'n dod i'r golwg ar ben yr allt. Heb feddwl sut buasai hyn yn edrych i'w ffrindiau newydd, trodd a gorwedd ar ei hyd ar draws y ddwy sedd flaen.

'Be uffarn . . .?'

Roedd y ddau'n rhythu arni eto.

'Please,' meddai wrthynt. '*Please* . . .'

Roedd y ferch wedi dechrau cael ei lliw yn ôl, diolch i'r coffi a'r brechdanau, ond rŵan roedd ei hwyneb yn wynnach nag erioed a'i llygaid yn anferth ac yn llawn ofn. Yn wir, welodd Meirion erioed y fath ofn o'r blaen. Roedd hi'n crynu fel deilen.

'*Please* . . .' sibrydodd eto.

Nodiodd Meirion gyda gwên fechan o gefnogaeth. Doedd wybod be oedd yn digwydd yma, a Duw a ŵyr faint o help allai rhyw greadur fel y fo fod petai pethau'n gwaethygu, ond gwyddai un peth: roedd am wneud ei orau i helpu'r beth fach ofnus hon.

Caeodd y drws ac ymwthio'n ei ôl o'r hers a'r Thermos a'r brechdanau yn ei law, gan droi i wynebu'r ffordd.

'Mei, be uffarn ydi'r matar efo hi?'

'Jyst tria ymddwyn mor normal â phosib, Stiffs, 'nei di? Hwda . . .'

Cynigiodd y pecyn brechdanau a'r fflasg i Dewi wrth i'r car nesáu ac arafu ychydig. Cymerodd arno edrych i fyny'n ddidaro wrth i'r car ddod gyferbyn â'r gilfach. Yna trodd y car i mewn i'r gilfach a theimlodd Meirion ei geg yn mynd cyn syched â phetai o newydd fod yn cnoi blawd.

21

Nant Gwynant i Benygwryd

Roeddent wedi meddwl i ddechrau fod un o'r dynion yn eistedd mewn cadair: rhywbeth a gryfhâi'r argraff mai cael picnic oedd y ddau. Ond gwelsant yn awr mai mewn cadair olwyn yr oedd o. Creadur blewog ei olwg, ag ysgwyddau a breichiau cryfion. Gwelsant mai un tal a hynod o fain oedd y llall, a syllai'r ddau ar Francis a Wen yn dŵad allan o'r car. Roedd eu genau'n symud i fyny ac i lawr wrth iddynt gnoi.

Fel dau gowboi'n cnoi baco, meddyliodd Francis Yung, gan hanner disgwyl gweld yr un yn y gadair olwyn yn troi'i ben rhyw fymryn a phoeri cyn sgrialu am ei wn. Wrthi'n dychmygu hyn yr oedd o pan glywodd Wen yn cyfarch y dynion efo 'All right then, lads?' – yn Sgowsar bob tamaid. Gwgodd arni: dylai fod wedi dweud wrthi am aros yn y car.

'We are looking for somebody. A young woman,' meddai Francis wrth y ddau. Hogia, gwelodd rŵan ei fod o'n agos atynt – tua'r un oed â Wen.

'Chinese?' meddai'r un tal.

Nodiodd Francis Yung. Pwyntiodd y dyn efo'i frechdan i fyny'r ffordd.

'Up there. In the pub. Lots of them.'

Roedd Wen wedi crwydro at yr hers ac yn sbecian i mewn drwy'r ffenest. Gwingodd y dyn yn y gadair olwyn ond fedrai o ddim troi yn llwyr.

'Unfortunately, she is not there,' meddai Francis Yung. 'You have not seen her, then? A young woman, walking by herself?'

Doedd y dyn yn y gadair ddim yn gwrando arno: roedd o'n rhy brysur yn ceisio troi ei gorff er mwyn gwylio Wen, a oedd yn plygu ymlaen ychydig yn ei jîns tynion ac yn rhythu i mewn i'r hers. Yna ymsythodd yn sydyn a dod yn ei hôl atynt. Rhythodd y dyn yn y gadair olwyn arni â rhywbeth tebyg iawn i bryder ar ei wyneb ond ei anwybyddu wnaeth Wen. Aeth at y Rover a dringo i mewn.

'No. Sorry,' meddai'r dyn tal.

Edrychodd Francis Yung ar yr hers. O leiaf doedd dim arch y tu mewn iddi. Ond eto – hers fawr grand yng nghanol nunlle? A dau ddyn ifanc yn cael picnic yng nghanol y glaw fel tasa hynny'n hollol normal?

Trodd ac edrych ar Wen, ond eisteddai hi yn y car yn syllu allan drwy'r ffenest flaen ar y mynyddoedd niwlog gyferbyn, fel petai wedi colli pob diddordeb yn y dynion a'u hers.

Trodd Francis Yung yn ôl at y dynion. Roedd rhyw dyndra rhyfedd yn yr aer, synhwyrodd, rhyw densiwn annifyr yn codi oddi wrthynt fel arogl chwys.

Efallai fod rhywbeth bach yn bod ar y ddau. Roedd gwallt hir a locsyn yr un yn y gadair olwyn yn wlyb socian, ond doedd o ddim fel petai o hyd yn oed yn ymwybodol o hynny. Ac roedd y llall, yr un tal a main, yn rhythu arno â'i safnau'n symud ffwl sbîd wrth iddo gnoi.

Nodiodd Francis Yung arnynt. 'Thank you.' Cerddodd yn ôl i'r car a dringo i mewn.

'Well i ni fynd yn ôl i'r hostel,' meddai Wen. 'Hwyrach ei bod hi wedi cyrraedd yn ôl yno.'

Nodiodd Francis Yung a chychwyn y car. Trodd Wen oddi wrtho a syllu ar y ddau ddyn wrth i'r Rover droi ac ailymuno â'r ffordd fawr. Dim ond teimlad oedd o, ond cafodd Francis yr argraff ryfedd fod Wen, os rhywbeth, yn ymlacio fwyfwy wrth iddyn nhw nesáu at yr hostel.

Ydi 'nghhwmni i mor wrthun â *hynny* iddi? meddyliodd.

Yna penderfynodd: na, nid dyna be sy.

* * *

Trodd i mewn i faes parcio'r dafarn. Edrychodd Wen arno. 'Sshh,' meddai wrthi. 'Dwi eisiau meddwl.' Sylwodd fel roedd y tensiwn yn dychwelyd i'w chorff wrth iddi syllu arno'n bryderus – ac a oedd ei llaw yn crynu'r mymryn lleiaf pan gymerodd sigarét o'r paced a gynigiodd iddi?

Taniodd y ddwy sigarét ac agor y ffenest ychydig. Trodd Wen oddi wrtho er mwyn agor ei ffenest hithau. O'r tu ôl, meddyliodd eto, mae hi'r un ffunud â Mei Ling – cyn i Mei Ling gael torri'i gwallt.

Teimlodd Wen ei lygaid arni. Gwenodd arno'n ansicr ond roedd wyneb Francis Yung mor ddifynegiant ag erioed. O'r diwedd, edrychodd i ffwrdd, ei lygaid bellach ar y blwch ffôn coch a safai wrth geg y maes parcio.

A theimlai Wen yn swp sâl wrth wylio'r gwynt yn sugno mwg ei sigarét allan drwy'r ffenest a'r mwg yn diflannu'n syth, fel petai'r gwynt wedi'i lyncu.

Yna gorffennodd Francis Yung ei sigarét, a throi at Wen.

'Ty'd,' meddai.

Teimlai ei choesau'n wan wrth iddi ei ddilyn allan o'r car. Chwipiodd y gwynt ei gwallt hir dros ei hwyneb. Cydiodd Francis Yung yn ei phenelin.

'Be . . .?' gofynnodd Wen.

'Ty'd efo fi.'

Aeth â hi at y blwch ffôn, agor y drws a'i gwthio i mewn cyn gwasgu i mewn ar ei hôl. Chwiliodd drwy'i bocedi am newid mân a deialu rhif. Cadwodd ei lygaid yn llonydd ar ei llygaid hi wrth iddo siarad, drwy gydol y sgwrs – sgwrs na pharodd yn hir iawn. Rhoes y ffôn i lawr yn ei ôl.

Roedd llygaid duon Wen wedi'u hoelio arno – ond o leiaf, meddyliodd, dydyn nhw ddim yn ymbil.

Diolch byth.

Gwthiodd y drws yn agored a dychwelodd y ddau i'r car. Sgubodd Wen ei gwallt o'i hwyneb a throi ato.

'Pam gwnest ti hynna? Deud dy fod ti wedi siarad efo Mei Ling?'

'Sshh,' meddai wrthi.

Aeth â hi at geg y lôn a arweiniai i'r hostel. 'Dwi'n mynd

yn ôl i Lerpwl rŵan,' meddai. Yna meddyliodd am eiliad, ac meddai wrthi: 'Dwi'n cymryd na fydd gen i achos i ddifaru am hyn.'

Ysgydwodd Wen ei phen. 'Ddim o'm herwydd i.'

Nodiodd. 'Dyna ni, felly.'

'Ia.'

Dechreuodd Wen agor y drws, yna trodd yn ôl ato. 'Un rhyfedd wyt ti, Francis Yung.'

Nodiodd eto.

Dringodd Wen allan, a gwyliodd Francis hi'n brysio drwy'r glaw i fyny'r lôn am yr hostel.

Oedd, roedd hi'r un ffunud â Mei Ling. O'r tu ôl.

Trodd y car a chychwyn yn ei ôl am Lerpwl.

22

Porthmadog

Doedd hi ddim eto wedi gweld ei phen-blwydd yn hanner cant. Ond dwi'n *edrach* flynyddoedd yn hŷn, meddyliodd. Flynyddoedd lawar hefyd. Deng mlynedd? Pymthag. Ia – pymthag, fasa hynny'n nes ati. Gwelodd yn y drych fod ei phyrm yn edrych fel wig.

Fuodd hi erioed yn ddynes dew, ond dyma hi rŵan yn denau a'i dillad yn hongian amdani. Fuodd hi erioed chwaith yn ddynes biwis, ond fe'i clywai'i hun fwyfwy'n arthio yn ddiamynedd ar bobol y dyddiau hyn. Dyddiau pan fyddai'n ei chael yn anodd i'w hoffi'i hun rhyw lawer. Dyddiau pan fyddai'n aml, yn rhy aml, yn ei chael ei hun yn gofyn eto fyth, 'Pam fi?'

'Ma'n syndod 'ych bod chi cystal, Eirian bach.' Sawl gwaith oedd hi wedi clywed y geiriau yna? Geiriau oedd bellach yn ystrydeb. 'Dwn 'im sut dach chi'n dal, wir.' Yr ateb oedd, drwy fod yn ddynas biwis. Drwy harthio ar bobol, dyna sut – a phob gwên yn teimlo fel taswn i'n tynnu stumia, meddyliodd.

Roedden nhw'n ffraeo yn y parlwr, Non a Meirion. Clywai eu lleisiau'n codi drwy'r pared.

Roedd Non yn lwcus. Roedd yn haws iddi hi ffraeo efo fo – yn haws i chwaer ddweud ei dweud wrth frawd na mam wrth fab. Cofiodd am y slasan a roes Non iddo reit ar draws ei wyneb, nes ei fod o'n tincian, oherwydd iddo ystyried gwrthod cynnig Breian Davies o'r job yn siop recordiau'r Cob. 'Be faswn i'n da yno?' meddai'n gwynfanllyd. 'Dydi o ddim isio rhwbath fath â fi yno. Pam na fedar pobol y lle 'ma adal llonydd i mi? Dwi'm am neud ffŵl ohona i fy hun, yn

117

trio cymryd arna 'mod i'n gallu gweithio a finna'n dda i ddim byd . . .' – ac yna'r slap. Mor galed ac annisgwyl nes iddi droi wynebau pawb yn wyn, heblaw am yr un patshyn fflamgoch ar foch a chlust Meirion.

Slap a wnaeth fyd o les iddo, diolch byth. Slap yr oedd hi ei hun wedi bod yn ysu am gael ei rhoi, ond yn gwybod, petai hi'n ildio dim ond unwaith, y byddai'n ei chasáu ei hun yn waeth erbyn heddiw ac yn harthio llawer mwy ar bawb.

* * *

Agorodd y drws ac edrychodd i fyny i weld Non yn brathu'i phen i mewn. Gwelodd Non fod Gwilym yn cysgu yn ei gadair, rhowliodd ei llygaid a mynd yn ei hôl allan wysg ei chefn.

Cododd Eirian a chamu dros fferau'i gŵr ar ei ffordd i'r drws. Ma'r tŷ yma'n rhy fach a ninna wedi colli'n parlwr ffrynt, meddyliodd. Ma pawb ar draws ei gilydd yma.

Meddyliau fel hyn a ddeuai'n feunyddiol erbyn hyn. Roedd hi wedi hen roi'r gorau i ymladd yn erbyn yr edliw meddyliol, a digio efo hi'i hun am feiddio â dal dig.

Yn y gegin, gofynnodd i Non, 'Be sy?'

'O. Mi clywsoch ni wrthi.'

'Be oedd, felly?'

Teimlai'r blinder yn cau amdani wrth wrando ar Non yn deud y cwbwl am y Tsieineaid yn y Stryd Fawr, am Meirion, am Mei Ling, am Mei Ling a Meirion. Wedi i Non orffen, meddai: 'Be gythral ma hi'n da yma, Non? Y? Yma, efo ni?'

Trodd Non ac agor y drôr lle roedd y cyllyll a'r ffyrc yn cael eu cadw, yna cofiodd ei bod eisoes wedi gosod y bwrdd.

'Ma hi'n hogan fach ddigon dymunol,' meddai ei mam, 'ond . . .'

. . . *dydi hi ddim i fod yma*, gorffennodd Non yn ei meddwl . . .

' . . . ond ma'n anodd cael gair allan ohoni, yn dydi? Heblaw am "plis" a "thenciw". Y thenciws diddiwadd 'ma. Ma'n straen trio cynnal sgwrs efo hi.' Agorodd Eirian y drws cefn fel petai hi ar gychwyn i rywle, dim ond i'w gau yn ei ôl yn syth. 'Pam nad a'th hi at y plismyn? Dyna dwi'n methu'n glir â'i ddallt. Os oes 'na rywun ar 'i hôl hi, felly. *Os.* Be ti'n feddwl?'

Cwestiwn rhethregol oedd hwn. Roedden nhw wedi cael sgwrs fel hon o'r blaen. Cyneuodd Non y nwy o dan y sosban datws, a'i chefn at ei mam.

'Ma hi a Meirion allan drwy'r dydd, yn dydyn?' aeth Eirian yn ei blaen. 'Dydi o ddim fel tasa hi'n trio cuddiad oddi wrth neb.' Trodd at Non. 'Ma'n rhaid iddi hi gael gwbod am y lleill 'ma – eu bod nhw'n dew o gwmpas y lle. Y nhw ydi'i phobol hi, chwara teg. Eu lle nhw ydi'i helpu hi rŵan. Ma hi wedi bod yma efo ni'n hen ddigon hir.'

Cododd Eirian gaead y sosban a syllu ar y tatws yn dechrau symud yn ddiog wrth i'r dŵr boethi'n raddol. Clywodd sŵn Non yn setlo ar gadair y tu ôl iddi ac yn agor y *Cambrian News*. Cadwodd Eirian ei chefn ati. Ai fy llais *i* oedd hwnna glywais i rŵan? rhyfeddodd. Llais pigog hen ddynas chwerw sy'n ei theimlo'i hun yn boddi mewn dicllonedd tuag at y tŷ bychan a myglyd hwn. Tuag at y person sy'n ei wneud yn llai ac yn llai, ac yn fwy a mwy myglyd.

Fy mab fy hun, meddyliodd. Ond doedd y geiriau hyn ddim yn rhoi ysgytwad i'w chydwybod mwyach. Ar un adeg, roedd dim ond eu meddwl yn ddigon. Yna dechreuodd eu sibrwd iddi'i hun, a chyn bo hir wedyn fe'i clywodd ei hun yn eu dweud yn uchel pan fyddai neb arall o gwmpas i'w clywed nhw.

Doedden nhw ddim hyd yn oed yn ei phigo erbyn hyn. Ddim fel y tro cyntaf, y diwrnod hwnnw pan ddywedodd yr ysbyty wrthyn nhw y câi Meirion fynd adref. Hoffai petai hi wedi gallu ymateb i'r newyddion gyda gwên lydan o lawenydd a dagrau o ddiolch a rhyddhad. Yn hytrach, roedd hi wedi edrych yn wyllt o gwmpas yr ystafell fel rhywun yn chwilio am ffordd o ddianc. Yn ei meddwl roedd darlun o ffenest yn llydan agored ar y llawr isaf a dolydd gwyrddion y tu allan, ac fe'i gwelodd ei hun yn gwibio'n droednoeth dros y glaswellt tuag at ryw fryniau pell. Y realaeth oedd ffenest fudr a chul a edrychai fel na chawsai erioed mo'i hagor – ffenest ar lawr uchaf yr ysbyty, a biniau ysbwriel anferth, haearn a gorlawn yn y maes parcio ymhell i lawr oddi tani.

Oherwydd roedd i Meirion gael dod adref yn golygu na fyddai rhagor o wella.

Na fyddai mendio o gwbwl.

Ac yna, pan gyrhaeddon nhw adref i Port, dechreuodd Meirion grio pan welodd fod y parlwr ffrynt wedi'i addasu ar ei gyfer. Gwely newydd, arbennig, lle gynt roedd 'na biano, a rhyw gontrapsiwn cymhleth fel craen yn plygu drosto fel garan dros ffos. Y drws wedi'i ledu a chomôd yn y gornel – y Gadair Gachu, chwedl Gwilym. Rai wythnosau wedyn cyfaddefodd Meirion mai'r gadair hon a'i hysgydwodd – ei gweld hi *yma*, yma yn y parlwr ffrynt o bob man. Yr ystafell orau gynt, yr ystafell 'bosh'. Yn afresymol, gwnâi iddo deimlo fel carcharor yng ngharchar Sing Sing neu Starke yn taro llygad ar y gadair drydan erchyll – Old Sparky – am y tro cyntaf. Yr un math o bren, yn sgleinio o farnis; yr un ymdrech dila i dwyllo gyda diniweidrwydd arwynebol a ffug.

Do, dechreuodd grio, yr ysgwyddau llydan a'r cefn crwn yn crynu a'r mwng blêr o wallt yn ysgwyd trwyddo. Roedd hithau hefyd wedi crio – a Gwilym a Non – y tri ohonyn nhw'n sefyll yno yn y parlwr ffrynt yn cydio'n dynn yn ei gilydd. Fedrai Eirian ddim peidio â meddwl am y *three piece suite* newydd roedden nhw newydd ei chael o Nelson's yng Nghaernarfon ddeufis cyn y ddamwain, ac a oedd bellach wedi gorfod mynd er mwyn gwneud lle i . . . i *hwn*.

Dim ond wedyn, yn y gegin, y sylweddolodd hi fod y tri wedi cydio yn ei gilydd yn eu dagrau, ond yr un o'r tri wedi cyffwrdd â Meirion . . .

Fy mab fy hun!

Y diwrnod hwnnw roedd hi wedi gwasgu ymyl bwrdd y gegin â'i holl nerth nes bod blaenau ei bysedd wedi troi'n biws a'i hewinedd yn wyn.

Yn awr, trodd oddi wrth ei thatws, a dweud eto, 'Ma'n rhaid iddi gael gwbod am y bobol 'ma, siŵr.'

* * *

Rhythodd Mei Ling ar yr allwedd fach fetel a orweddai ar y carped rhwng ei thraed. Roedd yr allwedd wedi syrthio allan o'r crogdlws pan sylweddolodd ei fod yn bosib troi ac agor y gwaelod. Wedi ysgwyd y crogdlws yr oedd hi, gan hanner disgwyl gweld y dduwies Kuan Yin yn diflannu y tu ôl i gwmwl o eira gwyrdd, di-chwaeth. Dim eira, ond sŵn tincian metelaidd – fel petai rhywbeth wedi dod yn rhydd y tu mewn. Doedd hynny ddim ond i'w ddisgwyl, meddyliodd; rhywbeth rhad fel hyn oddi ar stondin Mrs Lee.

Plygodd a chodi'r allwedd oddi ar y llawr, a'i throi drosodd yn ei llaw. Roedd hi'r un fath ar y ddwy ochr, heb unrhyw farc nac ysgrifen arni – dim cliw ynglŷn ag allwedd ar gyfer be'n union oedd hi. Allwedd fechan a thenau, go fregus, fel allwedd ar gyfer clo rhyw gwpwrdd metel, rhad. Locyr, efallai?

Rhoes naid fechan o glywed sŵn clecian yn dod o rywle y tu allan i'r tŷ. Tân gwyllt, sylweddolodd, er nad oedd hi eto'n bumed o'r mis. Doedd dim i'w weld yn yr awyr trwy'r ffenest. Bangyrs, felly, meddyliodd. Math ar dân gwyllt a oedd, yn ei thyb hi, yn wastraff pres: os nad oeddynt yn creu syrcas o liw yn erbyn düwch inc yr awyr, yna doedd dim pwrpas iddynt.

'Lwcus, lwcus,' meddai Tony Chow . . .

Wrth iddi droi o'r ffenest, teimlodd Mei Ling ei choesau'n rhoi oddi tani a'i stumog yn corddi. Sgrialodd yn ddall am erchwyn y gwely a'i gollwng ei hun arno, wrth gofio sut roedd sawl un ar y bws yna wedi rhyfeddu a gofyn pwy, pwy,

pwy fyddai'n ddigon dwl neu'n ddigon despret i ddwyn oddi ar y Triads?

Neidiodd eto wrth i rywun guro'n ysgafn ar y drws. 'Mei Ling . . .?'

'Ia – helô?'

Eirian oedd yno. 'Mei Ling, 'mond meddwl falla y basat ti'n leicio cael gwbod . . .'

23

Porthmadog

Yn syth ar ôl i Eirian ei gadael, newidiodd yn ôl i'w dillad ei hun – i gyd yn lân ac yn ogleuo'n anghyfarwydd o bowdwr golchi gwahanol i'w hun hi. Aeth â dillad Non i lawr efo hi i'r gegin, a gofyn am fenthyg bag er mwyn iddi eu golchi wedi mynd adref a'u hanfon yn ôl.

Ond cymerodd Non nhw oddi arni gan ysgwyd ei phen. 'Sdim isio i chdi neud hynny, siŵr! Roeddan nhw'n diw i gael ffling ers blynyddoedd.'

Diolchodd Mei Ling i'r ferch, a diolchodd fwy fyth i'r fam, ac wedyn i'r tad pan ddaeth hwnnw trwodd o'r parlwr cefn, yn swrth ar ôl ei napan i gyfeiliant Slim Whitman. Byddai wedi hoffi eu cusanu, ond chynigiwyd yr un boch i'w gwefusau. Roedd y tri'n hapus o'i gweld yn mynd, gwyddai, er iddyn nhw wneud eu gorau i guddio hynny.

'Diolch eto,' meddai wrthyn nhw. 'Rydach chi wedi bod yn hynod o ffeind tuag ata i. Wna i mo'ch anghofio chi tra bydda i byw.'

Y parlwr ffrynt, wedyn. Doedd dim byd arall amdani erbyn hynny ond y parlwr ffrynt, a dyna lle roedd o, fel arfer, ger y ffenest yn ei gadair a'i lygaid ar y drws. Sylwodd Meirion yn syth ei bod hi yn ei dillad ei hun, a gwelodd Mei Ling fel roedd arwyddocâd hynny'n ei frathu.

'Pwy ddeudodd wrthat ti?' gofynnodd.

'Dy fam.'

Trodd i ffwrdd. 'Ro'n *i* isio gneud hynny.' Syllodd drwy'r ffenest er ei bod yn dywyll y tu allan, heblaw am olau'r stryd a goleuadau ambell gar yn gyrru heibio. Deuai sŵn clecian tân gwyllt eto o rywle.

Aeth Mei Ling ato, a mynd ar ei gliniau wrth olwyn ei gadair. Roedd ei ddwylo wedi'u plethu ar ei lin. Rhoddodd ei dwylo bychain hi arnyn nhw. 'Meirion,' meddai. 'Meirion . . .'

Nodiodd, ei wefusau'n dynn a'i lygaid wedi'u hoelio ar y ffenest.

'Ma'n rhaid i mi fynd, ti'n gwbod hynny. Roeddan ni'n dau'n gwbod hynny.'

Nodiodd eto, yna ysgydwodd ei ben. 'Ro'n i wedi meddwl . . . ella fory . . . neu drennydd, ella.'

'A finna.'

Ochneidiodd Meirion, a gwasgu'i dwylo'n sydyn. 'Wel . . .' meddai. 'Wel. Dyna ni felly, decini.'

Roedd ei lygaid yntau'n sgleinio. 'Ia,' meddai'n ôl. 'Ia, Meirion.'

Cododd oddi ar ei gliniau, ond cyn ymsythu'n llwyr rhoes ochr ei hwyneb yn erbyn ei foch flewog ef. Arhosodd felly am eiliadau hirion nes iddi deimlo'i gorff yn crynu gyda'r ymdrech i beidio â chrio go iawn. Yna gwasgodd ei ddwylo'n chwim a mynd allan o'r parlwr ac o'r tŷ, gan gau'r drws ffrynt yn dawel ar ei hôl. Trodd tua'r Stryd Fawr, yn gwybod ei fod yn syllu arni'n mynd nes i ffenest grom y tŷ drws nesaf ei chuddio oddi wrtho.

* * *

Fu hi ddim yn hir yn dod o hyd i'r lleill. Clwstwr ohonyn nhw y tu allan i'r parc lle roedd y bws yn aros i fynd â nhw'n ôl i Nant Gwynant. Roedd llu o blant lleol yno'n canu'n iach iddyn nhw – hogia gan fwyaf, a meddyliodd Mei Ling: Meirions bach ydyn nhw. Fel hyn basa Meirion tasa heno ddeng mlynedd yn ôl.

'Mei Ling!'

Rhedodd Wen tuag ati a'i chofleidio'n dynn. 'Lle ti wedi *bod*?'

'Nunlla arbennig.'

'O . . .!' Gafaelodd Wen yn ei hysgwyddau gan edrych fel

124

petai'n ysu am ei hysgwyd yn galed. Ac mae'n siŵr ei bod hi'n teimlo felly, meddyliodd. Wela i ddim bai arni.

'Dwi wedi bod yn poeni amdanat ti, 'mond i chdi gael dallt.'

'Dwi'n iawn, Wen.'

'Francis Yung . . .'

'Ddim rŵan, Wen. Olréit?'

Edrychodd Wen i fyw ei llygaid. Yna nodiodd. 'Olréit. Wyt ti am ddŵad yn ôl efo ni? 'Dan ni wedi gorffan ffilmio, ac yn mynd adra peth cynta fory.'

Adra . . .

Nodiodd. 'Ydw. Dw inna'n dŵad adra hefyd.'

Rhyw ddiwrnod, efallai, mi fydda i'n barod i ddweud wrth Wen am y dyddiau diwethaf, meddyliodd, wrth i'r bws yrru allan o oleuni'r dref am dywyllwch y mynyddoedd.

Ac i ddweud wrthi am Meirion.

Ond ddim eto.

Dwi'm cweit yn barod eto.

O'r golwg, yn ei phoced, gwasgai'i bysedd y crogdlws arenfaen yn dynn.

24

Lerpwl

Teimlai'r fflat a'r siop fel petai hi wedi bod i ffwrdd am fisoedd – yr aer yno'n drwm a chlòs. Agorodd sawl ffenest, er bod awel oer yn chwythu draw o afon Mersi. Y gaeaf a Thachwedd wedi dod i'r ddinas law yn llaw.

Gwrandawodd ar y curo a'r byrlymu cyfarwydd yn dod o'r peipiau wedi iddi roi'r dŵr ymlaen i dwymo. Llenwodd y teciall, a'i roi ar y stof nwy hynafol yn y gegin. Tra oedd hi'n aros iddo ferwi, syllodd ar het ledr ei thaid yn hongian ar y bachyn y tu ôl i'r drws. Edrychai'n fach ofnadwy iddi'n awr.

Daeth y teciall i'r berw a gwnaeth baned o goffi du iddi'i hun. Yn dal yn ei chôt – yr anorac a ogleuai o'r powdwr golchi dieithr – aeth trwodd i'r ystafell fyw, ac eistedd wrth y bwrdd i aros amdano.

Ni fu'n rhaid iddi aros yn hir. Doedd ei choffi prin wedi dechrau oeri pan glywodd sŵn ei draed ar y grisiau. Tynnodd y crogdlws bach rhad o boced ei chôt a'i osod ar y bwrdd o'i blaen.

Safodd yntau'n ansicr yn y drws.

'Mi welais fod y gola ymlaen. Ac roedd drws y siop ar agor gen ti.'

'Ty'd i mewn, Francis Yung.'

Eisteddodd gyferbyn â hi wrth y bwrdd. Syllai'r llygaid duon rheiny arno dros ochr ei chwpan goffi.

'Dwi'n cymryd dy fod ti wedi siarad efo Wen.'

Nodiodd Mei Ling.

'Wna i ddim gofyn lle roeddat ti'r diwrnod hwnnw.'

'Wedi mynd am dro,' atebodd. 'Dyna'r cwbwl. Sdim ots rŵan, beth bynnag, nagoes?'

Ysgydwodd ei ben. 'Nagoes.'

Ochneidiodd ac edrych o gwmpas yr ystafell. Pan ddychwelodd ei lygaid ati, dechreuodd ddweud wrthi am Tony Chow. Wrth iddo siarad, cododd Mei Ling y crogdlws oddi ar y bwrdd a'i droi drosodd a throsodd yn ei llaw. Wedi iddo orffen, cododd ei llygaid ato a gofyn: 'Lle mae o rŵan, Francis Yung?'

Ysgydwodd ei ben yn araf a phendant. Paid â gofyn.

'Ti . . .?' gofynnodd Mei Ling.

Gallai ateb hyn yn onest. 'Na. Nid fi.'

Syllodd hi arno. 'Ffŵl oedd o, Francis Yung. Dim byd mwy na ffŵl.'

Eisteddodd y ddau mewn tawelwch am ychydig. Teimlodd Francis wynt oer ar ei wâr, fel petai ysbryd wedi anadlu arno. Trodd a gweld bod y ffenestri'n llydan agored ganddi.

Gwelodd hi o'n edrych i'w cyfeiriad. 'Roedd hi'n glòs yma pan gyrhaeddis i.'

Nodiodd Francis. 'Be wnei di rŵan, efo'r siop a'r fflat? Eu gwerthu?'

'Os do' i o hyd i rywun sy'n fodlon eu prynu nhw.'

'Dwi'm yn meddwl y cei di unrhyw drafferth. Mae'r safle'n un da ar gyfer rhyw fusnes neu'i gilydd. Mi gei di bris da hefyd.' Mi ofala' i am hynny, meddyliodd.

'Unrhyw beth ond siop fwyd,' meddai Mei Ling.

'Ia.' Cododd. 'Wel . . .'

'Un peth . . .'

Edrychodd arni.

'Y cant ac wyth o bunnau bob mis . . .'

'Os ydi'r siop wedi'i chau, fydd mo'u hangen nhw.'

'Pam cant ac wyth, Francis Yung? Wyddwn i ddim be oedd y swm tan ar ôl i Taid farw. *Pam cant ac wyth*?'

Eglurodd wrthi am y mynaich Shaolin a gafodd eu lladd pan ymosododd milwyr Manchu ar eu mynachlog ganrifoedd ynghynt. Roedd cant un deg a thri ohonynt i gyd, ond dim ond pump mynach oedd yn dal yn fyw ar ôl y gyflafan. Y pump yma oedd wedi sefydlu'r Triads, gyda phump o ganghennau mewn gwahanol rannau o Tsieina. Roedd y cant ac wyth o bunnau er cof am y cant ac wyth a gafodd eu lladd: roedd y Triads wastad yn hawlio hynny, yma a gartref yn Tsieina. Neu luosrifau o gant ac wyth, eglurodd Francis Yung. 'Mae'n draddodiad,' meddai wrthi.

Nodiodd Mei Ling. 'Traddodiad.'

Wrth y drws, trodd ac edrych yn ôl arni. Doedd hi ddim wedi symud oddi wrth y bwrdd. Edrychai'n fach ac yn unig yno yn ei hanorac, a oedd, os rhywbeth, ychydig yn rhy fawr iddi – fel plentyn, a'i gwallt cwta'n ymwthio allan i bob cyfeiriad.

'Ro'n i i fod i chwilio'r fflat,' meddai o wrthi. 'A'r siop . . .'

Cododd ei hysgwyddau. 'Mae croeso i ti wneud.'

'Faswn i fymryn yn haws?'

Ysgydwodd ei phen.

'Na. Felly ro'n i'n tybio. Cymer ofal, Mei Ling.'

'Cymer *di* ofal, Francis Yung,' meddai.

Gwrandawodd ar sŵn ei draed yn mynd yn ôl i lawr y grisiau, a drws y siop yn cael ei gau. Eisteddodd yno wrth y bwrdd ymhell ar ôl i'w choffi oeri. Neithiwr, tra oedd hi'n gorwedd yn effro yn yr hostel yn gwrando ar y glaw yn colbio'r coed, roedd wedi meddwl yn ôl i'r tro diwethaf – y tro olaf, gwyddai'n awr – iddi weld Tony Chow.

A chredai ei bod yn deall y cyfan.

'Lwcus, lwcus,' meddai Tony Chow, gan swingio'r crogdlws yn ôl ac ymlaen. *Lwcus, lwcus . . .*

Crogdlws oedd ag allwedd fechan wedi'i chuddio'r tu mewn iddo, dan ben-ôl y dduwies Kuan Yin. Rhif wyth yw'r rhif mwyaf lwcus i'r Tsieineaid. 'Lwcus lwcus', felly, oedd 'lwcus' ddwywaith – sef dau wyth. Ac roedd o wedi bod yn yr orsaf, meddai wrthi. Yfory, roedd am fynd draw yno ei hun, i'r ystafell *left luggage*, a thrio'r allwedd yng nghlo loceri rhif 16, 64 ac 88.

Teimlai'n hyderus y byddai'n agor un o'r rheiny.

Ysgydwodd y crogdlws a chlywed sŵn yr allwedd yn ratlo'r tu mewn iddo. Yna dododd ef yn ôl yn ei phoced a chodi oddi wrth y bwrdd. Gwyddai y byddai, cyn diwedd heno, wedi wylo sawl deigryn er cof am y bachgen bach eiddil hwnnw a gofiai'n beichio crio ar ymyl y pwll nofio yn ei wisg nofio fach goch.

Byddai'n rhaid gwneud hynny heno, meddyliodd.

Ond roedd ganddi weddill ei hoes i wylo dros yr hogyn blewog, blêr a charedig a lwyddodd i rannu cymaint efo hi mewn cyn lleied o amser.

Cododd a chau'r ffenestri a thynnu'r llenni, ac wrth wneud hynny, meddyliodd: A ches i ddim hyd yn oed un cip ar Gregory Peck.

25

Borth-y-gest

'Ro'n i *am* ddeud wrthi,' meddai Meirion. 'Cyn gyntad ag y bydda hi wedi dŵad yn ei hôl i lawr. Doedd dim isio i Mam fusnesu.'

'Oedd ots pwy oedd yn deud wrthi?'

'Ro'n *i* isio gneud, yn do'n.'

Siaradodd yn swta, yn fwy piwis nag y bwriadai ei wneud, gan swnio fel plentyn wedi'i ddifetha'n rhacs, ac edrychodd Gwenllian i ffwrdd oddi wrtho. Sylwodd o ddim, wrth gwrs: roedd hi'n sefyll y tu ôl i'w gadair olwyn, a'i dwylo'n gorffwys ar y ddwy handlen. Aeth Meirion yn ei flaen, ei lygaid wedi'u hoelio ar y Cnicht a'r ddau Foelwyn yn y pellter, eu copaon yn goleuo a thywyllu bob yn ail wrth i gymylau gael eu chwythu drostyn nhw.

'Ro'n i'n gwbod 'i bod hi wedi penderfynu mynd pan dda'th hi i mewn i'r stafall yn 'i dillad ei hun – y rheiny ddaru hi faeddu'r dwrnod cynta hwnnw. Roedd Mam wedi'u golchi a'u smwddio nhw iddi.'

Oedd. Ers y dydd Llun, gwyddai Gwenllian, ond bod Mei Ling wedi anwybyddu'r pentwr bach taclus ar y gadair ger ei gwely. Wedi gwisgo hen ddillad Non yn hytrach, un dydd ar ôl y llall.

Doedd Madam ddim yn mynd i faeddu'i dillad ei hun, meddyliodd yn bitw. Wel sorri, ond fel'na dwi'n teimlo.

Edrychodd ar Meirion. Fel'na ti'n *gneud* i mi deimlo, sibrydodd yn ei meddwl. Roedd ei wallt yn cael ei chwythu i bob cyfeiriad gan y gwynt. Byddai'n fwy fel nyth brân nag y buo fo rioed erbyn iddyn nhw gyrraedd adref.

'Y peth oedd, ro'n i'n gwbod 'i bod hi am fynd yn o fuan

beth bynnag. Roeddan ni'n dau'n gwbod, ond bod 'run ohonon ni wedi'i ddeud o'n uchal. Y diwrnod wedyn, ella. Neu drennydd, hyd yn oed. Mi fasa cael y dwrnod neu ddau ecstra yna wedi bod yn neis.' Chwarddodd yn sarrug. 'Er, cofia, roeddan ni wedi dechra rhedag allan o lefydd i fynd. 'Swn i wedi leicio mynd â hi i ben Moel y Gest, i ben Creigia'r Dre, i ben 'rynys capal Baptist, Ynys Tywyn . . .'

Torrodd Gwenllian ar ei draws. 'Ddoist ti â hi yma?'

'Be?'

'Fuoch chi yma? Yn fama?'

Ysgydwodd ei ben. 'Naddo, cofia.'

'Wel, ma hynny'n rwbath, decini.'

'Be, Gwen?'

Ond roedd y geiriau wedi dianc cyn iddi hi fedru eu rhwystro. Doedd waeth iddi heb â dweud 'dim byd': roedd o'n trio troi yn ei gadair er mwyn edrych arni'n iawn. 'Lle wyt ti – ty'd rownd i'r ffrynt, 'nei di?'

Am ennyd, cafodd ei themtio i gerdded oddi wrtho wysg ei chefn nes cyrraedd y llwybr, troi a cherdded yn gyflym drwy'r pentref gan ei adael yno'n gwingo o ochr i ochr, yn chwilio'n wyllt amdani.

Ond gwyddai na fedrai hi wneud hynny. Ddim byth.

Symudodd at ei ochr. 'Ty'd ag un o'r sigaréts 'na i mi, 'nei di?'

Rhythodd arni. Roedd y dryswch ar ei wyneb, ymysg y blewiach, yn bictiwr. 'Chdi . . .?'

Nodiodd a dal ei llaw allan.

'Ond . . . ti'm yn smocio.'

'Nacdw? Sut wyt ti'n gwbod, Meirion? Sut *basat* ti'n gwbod?' Ysgydwodd ei llaw yn ddiamynedd. 'Ty'd . . .'

Estynnodd ei baced iddi, paced ugain o Player's No. 6, a bocs o fatsys Swan. Trodd hithau ei chefn i'r gwynt a thanio'n ddidrafferth, cyn troi yn ei hôl a gollwng y sigaréts a'r matsys ar ei lin. 'Diolch.'

Gwyliodd hi'n sugno a chwythu fel petai o heb weld neb yn gwneud y fath beth erioed o'r blaen.

Cerddodd hithau ymlaen ychydig oddi wrtho, yn mwynhau'r mwg a'r teimlad chwim o benysgafndod a ddeuai efo'r pwffiadau cyntaf. Roedd y llanw allan a'r gwynt yn creu cymylau melynfrown wrth gribo dros wyneb y tywod rhwng y fan yma a'r Cob yn y pellter. Mygodd yr hen awydd plentynnaidd i gamu ar do'r hen gwt bach carreg a godwyd yma yn ystod y rhyfel i gadw golwg dros y bae: roedd Meirion wedi cael digon o sioc o'i gweld hi'n smocio, heb iddi ddechrau dawnsio o'i flaen yn y gwynt.

'Be oeddat ti'n 'i feddwl, Gwen?' clywodd o'n gofyn y tu ôl iddi.

Ysgydwodd ei phen. Doedd hi ddim am ddweud wrtho – ddim am ddeud fel roedd hi wedi dyheu am eiliad y basa hi'n ei glywed o'n deud, 'Na, ddois i ddim â hi *yma*, Gwen, 'chos ein lle *ni* ydi fama. Ein lle sbeshal ni, a fedrwn i'm meddwl am ei rannu o efo rhywun arall – efo dynas arall.'

Yr hyn oedd o wedi'i ddeud oedd 'Naddo, cofia . . .' – fel tasa fo'n *rhyfeddu* na ddaeth o yma efo Mei Ling. Fel tasa fo'n ei gicio'i hun (tasa fo'n gallu gneud hynny, meddyliodd yn greulon) am beidio â meddwl am ddŵad â hi yma.

Daliodd Gwenllian i sefyll a'i chefn tuag ato, yn smocio ac yn syllu dros y sianel gul o ddŵr a'r aceri o dywod. Cofiai mai'r llecyn hwn, i'r chwith o'r llwybr sy'n arwain at y traethau, oedd un o'r llefydd yr oedd Meirion yn ei golli fwyaf pan oedd o'n gaeth yng ngwely'r ysbyty. 'Mi fydda i'n mynd yno'n reit amal, Gwen,' meddai wrthi, a'i lygaid yn syllu'n hiraethus drwy'r ffenest ar yr awyr lwyd uwchben Lerpwl.

Dechreuodd hi ddŵad yma yn ei le. Yma, a thros y Garth ac ar hyd y ddau Gob – a hyd yn oed, un prynhawn mwll yn nechrau'r haf, i ben Moel y Gest. Gwnaeth sawl pererindod drosto, a'u disgrifio iddo wedyn pan ddychwelai at ei wely yn Lerpwl, gan nodi'r gwahanol adar a dysgu'u henwau er mwyn cyfleu darluniau mwy byw iddo. I gyd oherwydd bod arno hiraeth – oherwydd ei fod, weithiau, yn credu iddo glywed rhith pryfoclyd o oglau'r heli drwy'i ffenest agored, a sŵn ffraeo'r gwylanod fel petai wedi nofio tuag ato'r holl ffordd o harbwr Port.

Ac wedi iddo ddod adref, y hi fyddai'n mynd â fo am dro i'r llefydd hyn i gyd – ei hoff lefydd – a'i wylio'n crio tra oedd hi'n crio efo fo'n ddistaw bach rhag iddo'i gweld a meddwl ei bod yn drysu. 'Jyst rho ryw bum munud bach i mi, Gwen, 'nei di?' – dyna ddywedai bob tro roedd o am grio, a hithau'n troi a cherdded ychydig lathenni oddi wrtho a gwylio o gornel ei llygaid yr ysgwyddau'n crynu a'r mwng gwallt yn ysgwyd ac yn crio'i dagrau hallt ei hun yn ddistaw bach. Roedd popeth yn ddistaw bach ganddi – y crio a'r ochneidio a'r ysu poenus a chreulon i afael amdano.

I gyd yn ddistaw bach . . . Ond roedd hi bellach wedi blino ar yr holl ddistawrwydd bychan hwn oedd wedi bod yn rhan ohoni erioed, a sathrodd weddillion y sigarét yn ffyrnig i mewn i'r glaswellt a throi ato efo'r bwriad – oedd, roedd o'n fwriad pendant ganddi'r ennyd honno – o ddweud hyn i gyd wrtho; i ladd y distawrwydd unwaith ac am byth efo bloedd a sgrech reit yn ei wyneb a thros y lle.

Ond wnaeth hi ddim.

Diolch byth, meddyliodd gannoedd o weithiau wedyn dros y blynyddoedd – diolch i Dduw fod rhywbeth wedi f'atal, wedi cloi fy ngwddw a chlymu fy nhafod yn sownd. Oherwydd dwi'n gwbod rŵan y basa hynny wedi gwneud amdanom ni. Mi fasa'n rhy fuan, yn rhy gynnar – er 'mod i ar y pryd yn argyhoeddedig imi'i gadael hi'n rhy hwyr, a 'mod i'n berwi efo rhywbeth nad o'n i erioed wedi'i brofi o'r blaen yn fy mywyd. Rhywbeth nad o'n i'n siŵr iawn be'n union oedd o. Ia, cenfigen, dyna be, ac ro'n i'n llawn dop ohono, yn casáu'r ffaith fod y rhan fwyaf o'i feddwl o yn Lerpwl – ia, blydi Lerpwl, go damia'r lle – ac yn gweddïo na fasa hi byth yn dŵad yma yn ei hôl.

Felly'r cwbl a ddywedodd hi'r pnawn Sadwrn gwyntog hwnnw ar drothwy Tachwedd oedd, 'Ty'd. Awn ni adra, ia?'

EPILOG

Borth-y-gest
2010

Gadawodd y nain hwy'n chwarae ar y traeth. Ei hwyrion a'i hwyresau, a'u rhieni. 'Dwi'n mynd am dro,' meddai wrthynt. 'Fydda i ddim yn hir.' Dringodd o'r traeth i fyny'r grisiau llydan at y llwybr a nadreddai uwchben. Trodd. Roeddynt i gyd yn sefyll yno, yn ei gwylio hi'n mynd: roedd Nain wedi ymddwyn yn reit od ers iddyn nhw gyrraedd y rhan yma o Brydain.

Chwifiodd ei llaw arnynt dan wenu. 'Fydda i ddim yn hir!' galwodd eto, cyn troi a dilyn y llwybr yn ôl i gyfeiriad y pentref. Tyfai llwyni o eithin ar ochr y llwybr a llanwyd ei ffroenau ag arogl gwyllt y blodau melyn. Daeth at fainc bren ac eisteddodd arni am funud neu ddau i gael ei gwynt ati.

Yr olygfa o'i blaen oedd wedi'i chynhyrfu, nid y weithred o ddringo'r grisiau: roedd yn ddynes heini, er ei bod yn chwe deg a phump oed. Syllodd ar y tri mynydd yn y pellter, y tri mewn rhes ac yn edrych fel petaent wedi cael eu ploncio yno. Un â phig a edrychai fel mynydd mewn darlun gan blentyn, yr un nesaf yn grwn fel cefn rhyw fwystfil anferth, a'r trydydd yn debyg o ran siâp i fynydd tanllyd neu un o'r *mesas* a welsai droeon mewn ffilmiau cowboi.

Cododd a cherdded yn ei blaen. Gallai glywed lleisiau'r plant yn gweiddi i lawr ar y traeth. Yn gweiddi yn Saesneg, gydag acenion Americanaidd. Gwnâi ei gorau i ddysgu ychydig o Gantoneg i'w hwyrion, ond doedd ganddynt fawr o ddiddordeb.

Doedd o ddim wedi dod â hi yma, i'r pentref bach del hwn ar lan y môr. Ond roeddynt wedi bod yn reit agos, sylweddolodd, oherwydd yr un oedd yr olygfa, fwy neu lai, â'r un a welsai ar ôl sgrialu i ben y clawdd uchel hwnnw er mwyn edrych drosto ac i lawr dros yr harbwr.

Golygfa nad oedd o 'i hun wedi gallu'i gweld.

Trodd ei llygaid yn llaith wrth iddi gofio'i ddagrau.

* * *

Pan drefnwyd y gwyliau hyn dros flwyddyn yn ôl yn San Francisco, feddyliodd hi ddim y deuen nhw yma. Crybwyllwyd Cymru, do, ynghyd â Dulyn a Chaeredin a Loch Ness a Llundain, ond freuddwydiodd hi erioed y buasai'n ei chael ei hun *yma*. Teimlai ei hwyliau'n newid o ddydd i ddydd wrth i'r amser nesáu; un funud roedd yn gyndyn o ddod yma, ond y funud nesa'n ysu am gael dod.

Roedd y dref wedi newid . . . Wel, wrth gwrs ei bod hi, ar ôl deugain mlynedd a mwy. Beth arall oedd i'w ddisgwyl? Ond, yn afresymol, roedd hi wedi cael i'w phen y buasai popeth yn union yr un fath. Ffieiddiodd tuag at y fflatiau hyll a ddifethai'r harbwr tlws a gofiai, ond roedd y grisiau hynafol yn dal yno ar y cei gyferbyn â'r erchyllbethau hyn – y grisiau llithrig lle bu hi'n sefyll a gwymon yn ei llaw, a lle'r arferai yntau fynd i nofio.

Roedd y dref hefyd yn fwy swnllyd a phoblog o beth myrdd, ond doedd hynny chwaith ddim ond i'w ddisgwyl a hithau'n dal yn dymor gwyliau. Safodd ar y bont a syllu drosodd at y Cob Crwn, a'i chael yn anodd credu ei fod o'n dal i ddod yma i wrando am gyfarthiadau'r dyfrgwn liw nos. Y dyddiau hyn, difethid hedd y lle fwyfwy gan ryw drên bach a fytheiriai'n bowld a choman, gan hwtian wedyn fel iob meddw a ymffrostiai yn ei ffieidd-dod ei hun.

Yna daeth at geg y llwybr. Ar yr ochr dde, roedd lle agored hefo meinciau wedi'u gosod yma ac acw – glaswellt lle roedd nifer o bobol yn eistedd i gael picnic pan gerddodd hi heibio'n gynharach ar ei ffordd i'r traeth gyda'i theulu. Sylwodd fod hen gwt bach carreg â ffenestri bychain, culion, wedi'i naddu i ochr y graig uwchben y môr, a bod eglwys â choed uchel o'i chwmpas ar yr ochr chwith i'r llwybr.

A gwelodd, ar y glaswellt, fod yna ddyn mewn cadair olwyn yn syllu allan dros y dŵr. Roedd ei wallt arian yn hir a thrwchus ac wedi'i glymu'n ôl yn gynffon merlen hir.

Arhosodd yn stond. Doedd o ddim wedi'i gweld; doedd o ddim hyd yn oed yn edrych i'w chyfeiriad, ond gwyddai i'r dim pwy oedd o. Teimlai ei chalon yn carlamu'n wyllt dan ei bron. Roedd chwiban isel, fain yn ei phen, a haen denau o chwys oer dros ei chorff i gyd.

Wrth iddi wylio, daeth dynes o gyfeiriad y pentref yn cario dau hufen iâ, a'r rheiny yn amlwg wedi dechrau toddi yn ôl y ffordd yr oedd y ddynes yn gafael ynddyn nhw. Trodd y dyn mewn pryd i'w gweld yn llyfu ffos o hufen iâ oddi ar ei harddwrn. Chwarddodd y ddynes – dynes yn ei chwedegau â gwallt arian, crychiog a sbectol drwchus – a brysio at y dyn yn y gadair olwyn a rhoi un hufen iâ iddo.

Aeth hi ddim cam ymhellach. Safodd yno, yng nghysgod coed yr eglwys, yn eu gwylio. Gwelodd eu bod yn hapus efo'i gilydd – deuai cryn dipyn o chwerthin o'u cyfeiriad, a rhoddai'r ddynes blwc chwareus i'w locsyn neu ei gynffon merlen bob hyn a hyn, ac yntau'n ffug brotestio – ac roedd hi'n falch o hynny, er bod eu hapusrwydd yn ei chadw draw oddi wrthynt. Oddi wrtho fo.

Gwyliodd y ddau'n gorffen eu hufen iâ ac yn llyfu eu bysedd, yna cydiodd y ddynes yn nwy handlen y gadair olwyn a'i throi'n ôl i wynebu'r llwybr.

Cafodd gip sydyn ar ei wyneb – ac wedyn, ar ôl dychwelyd i San Francisco, fe'i hargyhoeddodd ei hun fod eu llygaid, am eiliad, wedi cwrdd a chloi.

Wrth gwrs, roedd hynny'n amhosib.

Ond roedd y ddynes wedi sylwi arni'n sefyll yno, yn siâp amwys a thywyll yn erbyn golau'r machlud. Cododd ei llaw i gysgodi'i llygaid, ond erbyn hynny welodd hi ddim byd

mwy na chefn dynes a chanddi gwallt gwyn, hir, yn cerdded
i ffwrdd oddi wrthi hyd lwybr y traeth.

'Gwen? Be ti 'di'i weld rŵan eto fyth?'

Ysgydwodd ei phen.

'Dim byd. Ty'd – awn ni adra, ia?'

'Ia. Awn ni adra.'

Y DIWEDD